LE GATEAU DES REINES

COMÉDIE

Représentée pour la première fois, à Paris, sur le Théâtre-Français, par les
comédiens ordinaires de l'Empereur, le 31 août 1855.

NOTE ESSENTIELLE A CONSULTER.

COSTUMES DE LA PIÈCE.

STANISLAS, au 1er et au 4e acte, habit simple bourgeois; au 5e acte, habit un peu plus riche, perruque poudrée.

LE DUC DE BOURBON, habit riche, grand cordon bleu, perruque coiffée.

LE TELLIER, habit bourgeois au 1er acte, grand manteau brun; habit de dragon aux 3e, 4e et 5e actes.

STURMER, habit mi-bourgeois, mi-militaire.

LE CHEVALIER EUSTACHE, habit vert, dessous rose. Au 4e acte, habit jonquille.

Mme DE PRIE, costume de cour au 2e acte; au 3e acte, elle porte un costume moins riche et plus sévère, et non pas le costume du couvent; aux 4e et 5e actes, elle reprend le costume de cour.

Mlle DE VERMANDOIS, au 3e acte, costume de nonne; au 4e acte, costume de cour sévère.

MARIE LECKZINSKA, au 1er acte, robe foncée qu'elle garde à l'acte du couvent; au 4e acte, riche costume de cour; au 5e acte, costume de chasse ou pour suivre la chasse.

Pari.— Imprimerie Morris et Comp., rue Amelot, 64.

LE GATEAU
DES REINES

COMÉDIE EN CINQ ACTES

EN PROSE

PAR

LÉON GOZLAN

PARIS

MICHEL LÉVY FRÈRES, ÉDITEURS

RUE VIVIENNE, 2 BIS

1855

LE
GATEAU DES REINES

COMÉDIE

EN CINQ ACTES, EN PROSE

PAR

LÉON GOZLAN

PARIS

MICHEL LÉVY FRÈRES, ÉDITEURS

RUE VIVIENNE, 2 BIS

—

1855

PERSONNAGES

LE DUC DE BOURBON, prince de Condé,	MM. LEROUX.
LE TELLIER, comte d'Estrées, capitaine de dragons,	DELAUNAY.
STANISLAS, roi de Pologne (44 ans),	GEFFROY.
STURMER, domestique de Stanislas,	MONROSE.
LE CHEVALIER EUSTACHE,	SAINT-GERMAIN.
UN SECRÉTAIRE du duc de Bourbon,	FONTA.
LORRAIN, valet de chambre,	CASTEL.
UN VALET,	TRONCHET.
UN DOMESTIQUE,	MASQUILLIER.
Mme DE PRIE,	Mmes AUGUSTINE BROHAN.
Mlle DE VERMANDOIS, sœur du duc de Bourbon,	FAVART.
MARIE LECKZINSKA, fille de Stanislas,	ÉMILIE DUBOIS.
GERTRUDE, servante de Stanislas,	LAMBQUIN.
SŒUR MODESTE,	SAVARY.
SŒUR BRIGITTE,	VALÉRIE.
SŒUR NOUVELLE,	MARCUS.

Le premier acte se passe en Lorraine;
Le deuxième acte, à Versailles, dans le château;
Le troisième acte, dans le couvent de Fontevraut.
Le quatrième et le cinquième actes, à Versailles. — 1725.

LE GATEAU DES REINES

ACTE PREMIER

Salle d'un vieux château, près de Wissembourg. Porte au fond, et porte latérale à gauche; fenêtre à droite. Au fond, à gauche, un vieux buffet; sur le devant, une table sur laquelle brûle une lampe; un vieux fauteuil est auprès de la table; à droite, un dévidoir sur son pied.

SCÈNE PREMIÈRE.

GERTRUDE, seule, assise à droite auprès du dévidoir.

Comme il fait froid ce soir ! Il doit y avoir bien de la neige sur les toits de ce vieux château!... Les grues sauvages crient autour des girouettes... mauvais signe ! Travaillons pour nous échauffer, travaillons ! (Elle dévide du fil, combattant le sommeil.) Qui va là ?

SCÈNE II.

LE TELLIER, GERTRUDE.

LE TELLIER, qui est entré par le fond avec précaution.

C'est moi, Gertrude.

GERTRUDE.

Ah! c'est vous, mon jeune capitaine?

LE TELLIER.

Quoi de nouveau?

GERTRUDE.

Rien de nouveau, rien.

LE TELLIER.

Et Sturmer?

GERTRUDE.

Il n'est pas encore revenu. Et pourtant il est parti depuis ce matin pour Wissembourg. Il est vrai que les chemins sont si mauvais... si mauvais !...

LE TELLIER, pensif.

J'ai peur qu'il n'en soit de cette dernière tentative comme des autres, ma pauvre Gertrude !

GERTRUDE, se levant.

Que dites-vous, monsieur le comte ? Mais alors, ce n'est plus la gêne pour mon pauvre maître... c'est la misère.

LE TELLIER.

Et la misère dans l'exil ; car ton maître, tu le sais, n'a pas le droit de sortir de l'Alsace, de s'éloigner de plus d'une lieue de cet antique château. Lui ! un roi ! lui, Stanislas premier !

GERTRUDE.

Oui, un roi !... mais ne parlons pas trop haut. Il ne veut pas qu'on rappelle ce qu'il a été... Vous le savez bien.

LE TELLIER.

Oui... noble caractère ! Plus grand peut-être dans l'exil que sur le trône de Pologne.

GERTRUDE.

Et sa fille ! sa fille ! — Est-il vrai, monsieur le comte, que la chère enfant, pour alléger la position de son père, pour n'être plus à sa charge, est décidée à se faire religieuse, si ?...

LE TELLIER.

Ne dis pas cela, Gertrude ! — Mais, voyons, si la France, après avoir donné une hospitalité généreuse au roi de Pologne détrôné, ne veut plus venir à son aide, si la politique défend désormais de le secourir, ses amis, du moins...

GERTRUDE, ironiquement.

Ses amis !...

LE TELLIER.

Et puis, je connais sa délicatesse... je sais combien il est difficile de lui faire accepter...

GERTRUDE, écoutant.

Chut ! (Elle va vers la porte de gauche.)

LE TELLIER, écoutant aussi.

Oui, des pas...

GERTRUDE.

C'est Marie !

LE TELLIER.

Je ne veux pas qu'on me surprenne avec toi... et garde-toi surtout de dire que je suis venu !

GERTRUDE.

Soyez sans crainte. Mais est-ce que ?...

LE TELLIER.

Je reviendrai.

GERTRUDE.

Revenez. Quand vous êtes ici, tout le monde est plus content. Oh ! oui, revenez.

LE TELLIER.

Plus tard. A revoir, Gertrude. (En s'en allant.) Pauvre Marie !

SCÈNE III.

MARIE, GERTRUDE.

MARIE, entrant par la gauche.

Avec qui parlais-tu ?

GERTRUDE, qui allait reprendre sa place à droite.

Je ne parlais pas, mademoiselle.

MARIE.

J'ai bien entendu.

GERTRUDE.

Peut-être bien ! Je parlais seule... je me disais que mon mari était bien longtemps à revenir de la ville.

MARIE.

S'il lui était arrivé !... Il y a trois lieues d'ici à Wissembourg, et cette grande forêt à traverser, on la dit si dangereuse !

GERTRUDE.

Pourquoi craindre pour lui, mademoiselle ? Sturmer est résolu, courageux... un vieux soldat ! D'ailleurs, c'est aujourd'hui jour de marché et la route est très-fréquentée.

MARIE.

Espérons !

GERTRUDE.

L'argent qu'il rapportera sera le bienvenu... Car, lui aussi, se fait bien attendre.

MARIE.

Gertrude, il ne faut pas dire de ces choses-là devant mon père : tu sais l'inquiétude que cela lui cause. — Ainsi, tu n'as pas vu monsieur Le Tellier ?

GERTRUDE.

Non, mademoiselle, non !

MARIE.

C'est bien étonnant... car il m'avait semblé... (On entend au fond la voix de Stanislas.) Ah ! mon père...

SCÈNE IV.

MARIE, STANISLAS, GERTRUDE.

STANISLAS.

C'est très-mal, Gertrude, c'est très-mal ! Vous ne faites rien, mais rien de ce que je vous dis. Ne vous ai-je pas ordonné d'acheter un arrosoir, trois bêches, et un râteau pour remplacer celui qui s'est brisé l'autre jour ? (Il passe à droite.)

GERTRUDE.

Mais...

STANISLAS, tout en marchant.

Du buis pour garnir les plates-bandes ?

GERTRUDE.

Mais, pour acheter, il faut...

MARIE, bas à Gertrude.

Prends garde !

STANISLAS, en marchant.

Des graines pour les semer après la fonte des neiges? Des ar-
bustes dont j'ai le plus grand besoin ? (Il passe à gauche.) En vérité,
vous êtes d'une négligence, d'un oubli, d'une paresse !... Ache-
tez donc, quand je vous dis...

GERTRUDE, avec ménagement.

Mais encore une fois, pour acheter... pour acheter, il faut
de...

MARIE, bas à Gertrude.

Tais-toi !

STANISLAS.

Puisqu'il en est ainsi, allons ! c'est moi qui me charge de ces
emplettes... voilà ! Dès que ma pension sera arrivée, j'irai moi-
même...

(Il s'assied sur le fauteuil à gauche.)

GERTRUDE, à part.

Sa pension !...

(Elle se remet à son dévidoir.)

MARIE, s'approchant de Stanislas.

Mais, mon père...

STANISLAS.

Toi, non plus, Marie, tu ne fais rien de ce que je te dis, et je
vois que je serai forcé d'acheter aussi tes robes, puisque tu
t'obstines, malgré mes ordres, à en porter d'aussi vieilles,
d'aussi fanées que celle-là.

MARIE.

Mais, mon père, cette robe n'est pas vieille, elle n'est pas fanée.

STANISLAS.

Il n'y a que deux ans que tu la portes.

MARIE.

Un an, s'il vous plaît !

STANISLAS.

Voilà trois hivers que je te la vois.

MARIE.

Deux seulement.

STANISLAS.

Donc, il y a deux ans que tu l'as... à moins qu'il n'y ait pas un hiver chaque année. Je commencerai mes achats par tes robes, car avec ma pension...

GERTRUDE, à part.

Toujours sa pension!

MARIE.

Je vous en prie, mon père, ne vous mettez pas en dépenses pour des frivolités.

STANISLAS.

Pour des frivolités!... Mais je veux que tu sois jolie... fort jolie...

MARIE, s'asseyant aux pieds de Stanislas.

Votre fille ne l'est-elle pas assez pour vous?

STANISLAS.

Non!

MARIE.

Mais cependant...

STANISLAS.

Non, te dis-je!

MARIE.

D'ailleurs, si je suis forcée de me retirer bientôt dans un couvent...

STANISLAS.

Le couvent! le couvent! Mais rien ne nous oblige encore à penser sérieusement à cette dure détermination.

MARIE.

J'y pense sans cesse, moi.

STANISLAS.

Tu as tort.

GERTRUDE, à part.

Tort!

MARIE.

L'avenir...

STANISLAS.

Il sera beau.

GERTRUDE, s'avançant un peu.

Il s'annonce cependant sous un jour bien sombre.

STANISLAS, se levant et passant au milieu.

Tant mieux! je n'ai jamais gagné de bataille sans commencer par être battu. Tiens, au siége de Dantzick, — une furieuse journée! — je perds le matin deux régiments des gardes; nous sommes écrasés, on nous croit anéantis... Le soir j'entrai victorieux dans la ville à côté de Charles XII. Quelques jours après,

1:

à peine installé dans Varsovie, j'en suis chassé par le roi Auguste... que je chasse à mon tour à coups de canon.

MARIE, se levant et venant à Stanislas.

Oui, une grande journée, un beau souvenir, mon père!

STANISLAS.

Silence donc, ma fille, aux pressentiments!

MARIE.

Oui, mon père... Mais pourtant il faut prévoir...

STANISLAS.

Je vais me fâcher.

SCÈNE V.

LE TELLIER, STANISLAS, MARIE, GERTRUDE.

LE TELLIER, sur le seuil de la porte du fond.

Des discussions de famille!

STANISLAS.

Monsieur le Tellier. (Il va à lui.)

GERTRUDE.

C'est lui!

LE TELLIER.

Je me retire; je craindrais...

STANISLAS.

Restez, au contraire, restez! et soyez notre juge, capitaine. N'est-il pas vrai que la toilette est indispensable aux jeunes filles, et surtout aux jeunes fiancées?

LE TELLIER, timidement; il a déposé son manteau et son chapeau au fond,
à gauche.

Mon opinion là-dessus...

STANISLAS.

Ah! vous hésitez? Bon! vous allez lui dire aussi que la simplicité, que la grâce, que la jeunesse, que dix-huit ans suffisent... Flatteur! Allons, je ne veux pas savoir votre opinion... vous la trouverez toujours parfaite, accomplie. —Voyons, est-ce décidément aujourd'hui que vous nous quittez, que vous partez pour Versailles?

LE TELLIER.

Si j'osais dire à votre...

STANISLAS, l'interrompant.

Assez! Je sais ce que je suis, et mieux encore, ce que je ne suis plus. Pas de titre, je vous en prie! je suis monsieur, tout court, jusqu'à ce que je sois votre père.

LE TELLIER.

Si, toutefois, on le veut bien à Versailles.

MARIE.

Craindriez-vous encore?

LE TELLIER.

Il faut toujours craindre ceux de qui l'on dépend.

STANISLAS.

Puisque monsieur de Bourbon protége les jeunes officiers, et qu'il est devenu aujourd'hui, par la mort du duc d'Orléans, le premier ministre de Sa Majesté, nous avons tout lieu d'espérer que votre mariage avec ma chère Marie n'éprouvera plus ni résistance ni retardement.

LE TELLIER.

Je suis personnellement, je l'avoue, peu connu de monseigneur le duc de Bourbon; et s'il faut tout vous dire, je lui ai écrit, il y a un mois, au sujet de notre mariage...

MARIE.

Eh bien?

LE TELLIBR.

Il ne m'a pas répondu.

STANISLAS.

Ceci, mes enfants, ne laisse pressentir aucune mauvaise disposition de sa part. Un ministre a tant d'affaires! Celles de l'Europe passent avant votre mariage.

LE TELLIER.

Et l'on sait, d'ailleurs, que monsieur de Bourbon, très-violent en apparence, très-faible au fond, se laisse aveuglément conduire par madame de Prie.

MARIE.

Quelle est donc cette marquise de Prie, dont je vous entends si souvent parler?

GERTRUDE, s'approchant.

Je ne serais pas fâchée non plus de savoir...

LE TELLIER, gêné dans sa réponse.

C'est... c'est...

STANISLAS.

Ah! mon Dieu! c'est... c'est tout simplement le premier ministre du premier ministre!

MARIE.

Ah! — N'est-ce pas à l'occasion d'un propos tenu sur elle que deux jeunes officiers de notre garnison de Wissembourg se battirent à l'épée et que l'un d'eux fut assez grièvement blessé à la poitrine?

LE TELLIER, fort embarrassé.

Oui... je présume... il me semble...

MARIE.

Le nom de madame de Prie fut alors prononcé. Je voulais vous demander quelques détails; mais vous fûtes obligé de vous absenter pendant quinze jours.

LE TELLIER.

Précisément... c'est cette madame de Prie. Un officier l'avait insultée, un autre officier prit sa défense : cela arrive tous les jours.

STANISLAS, à part, en regardant Le Tellier.

Il est bien embarrassé!... Est-ce que cette madame de Prie?...

LE TELLIER.

Je vous le répète, je ne connais pas du tout madame de Prie. Mais, vous venez de le dire, on veut bien se rappeler maintenant les anciens services rendus, et ceux de mes aïeux sont écrits partout : oui, peut-être, ainsi que vous le pensez, n'éprouverai-je plus d'obstacle à m'unir comme mon cœur le désire. Du reste, dans dix jours nous saurons à quoi nous en tenir. Je saurai si j'ai été enfin assez heureux pour obtenir ce titre qui me placera à un rang plus élevé que celui que j'ai, au rang que mérite celle qui veut bien s'unir à moi... quoiqu'il sera toujours bien éloigné du rang suprême auquel...

STANISLAS.

Encore une fois, laissons les rangs. Vous avez la première place dans mon cœur pour avoir versé votre sang à côté de moi, en défendant ma vie, à la tête de cette brave légion française venue en Pologne... armée trop peu nombreuse pour vaincre, trop brave pour ne pas laisser un nom glorieux dans l'histoire des grands dévouements. Enfin, dans dix jours...

LE TELLIER.

Je serai à Versailles.

MARIE.

Vous devriez déjà y être, monsieur.

STANISLAS.

Très-bien!

MARIE.

En vérité, vous semblez mettre bien peu d'empressement à faire ce voyage.

LE TELLIER.

Ce reproche!

MARIE.

Voyez! vous deviez partir il y a huit jours; puis c'était

avant-hier, puis hier... et aujourd'hui vous n'êtes pas encore parti.

LE TELLIER.

C'est vous qui vous étonnez de ce que je ne sois pas encore parti !

MARIE.

Mais, oui... moi-même... moi plus que tout autre. Qui peut vous retenir ?

STANISLAS.

Elle a raison ; qui peut vous retenir ?

GERTRUDE, à part.

Je le sais bien, moi !

LE TELLIER.

Qui ?... mais vous ! vous deux.

MARIE.

Mais puisque de votre voyage à Versailles dépend notre bonheur à tous...

LE TELLIER.

Je n'ai pas la force de quitter tant d'affections à la fois.

STANISLAS.

Ne vous attendent-elles pas au retour ?

LE TELLIER.

Au retour !... Mais si je ne réussis pas ?

MARIE, à elle-même.

C'est aussi sa pensée !

LE TELLIER.

Et voilà la cause de ma tristesse, de mes hésitations à vous quitter. Oh ! la pensée, Marie, que si je n'obtiens pas ce que je vais chercher à Versailles, vous ne sortirez plus du couvent de Fontevraut, où vous allez attendre le résultat de ma démarche...

MARIE.

C'est un noble asile !

LE TELLIER.

Le voile !... les vœux éternels !...

STANISLAS.

On ne fait pas tout de suite des vœux éternels à Fontevraut... on a du temps pour se décider. Marie réfléchira.

LE TELLIER.

Elle n'en sera pas moins perdue pour moi.

GERTRUDE.

Pour nous tous, chère enfant !

STANISLAS.

Allons, allons, pas de ces désespoirs que r'en ne justifie encore ! Trois jours après votre départ ; — si jamais il a lieu, — Marie, accompagnée de notre bonne Gertrude, puisque je ne puis l'accompagner moi-même, partira pour Fontevrault. Fontevrault, cet asile des filles nobles, à la tête desquelles brille, comme vous le savez, une auguste princesse, la première chanoinesse de France, mademoiselle de Vermandois, la sœur même de monsieur le prince de Condé ; et là, mon jeune capitaine, Marie vous attendra sans découragement. Comment ! c'est moi qui suis réduit à vous apprendre à ne pas douter de la destinée, moi ?... Ah ça, êtes-vous venu ce soir uniquement pour nous attrister ?

LE TELLIER.

Je viens vous faire mes adieux.

MARIE.

Est-ce bien vrai ?

LE TELLIER.

Bien vrai !

STANISLAS.

C'est fort heureux ! Je n'y crois pas encore.

LE TELLIER.

Regardez-moi, et vous y croirez !

UN DOMESTIQUE, à la porte du fond.

Quand monsieur le comte voudra monter à cheval...

LE TELLIER.

A l'instant. (Le domestique sort. A Stanislas.) Vous voyez ! (A part.) Les laisser seuls sans appui, sans ressources...

STANISLAS.

Adieu, Le Tellier !... Dans mes bras !...

LE TELLIER, après avoir embrassé Stanislas.

Adieu... Marie, adieu !

STANISLAS.

Embrassez-la. (Il gagne à gauche.)

GERTRUDE, à part.

Avec quoi vivront-ils jusqu'à son retour ?

(Elle remonte au fond. — Le Tellier embrasse Marie au front ; celle-ci, dans son émotion, laisse tomber son mouchoir qu'elle tenait à la main ; Le Tellier le ramasse ; Marie veut le reprendre, mais elle le lui laisse sur un geste de supplication qu'il lui fait ; Le Tellier le place aussitôt sur son cœur. Stanislas ni Gertrude n'ont rien vu.)

STANISLAS, qui s'était détourné pour essuyer une larme.

Maintenant, mon jeune capitaine, le pied à l'étrier et piquez des deux !

LE TELLIER.

Mon père !... Marie !...

STANISLAS, l'éloignant.

En route!... Bon voyage... et bon retour!

LE TELLIER.

Oui, bon retour!

(Il sort; Gertrude le suit, emportant son manteau et son chapeau.)

SCÈNE VI.

STANISLAS, MARIE.

STANISLAS, regardant s'éloigner Le Tellier.

Brave garçon!

MARIE, qui est allée vivement à la fenêtre, à droite.

Il monte à cheval!... il part!... il est parti!

STANISLAS.

Avant minuit, il sera à Wissembourg.

MARIE, quittant la fenêtre.

Croyez-vous? Les chemins sont si affreux!

STANISLAS.

Bah! le comte a un bon cheval.

MARIE.

Mais, la nuit, cette forêt à traverser...

STANISLAS.

Il est armé... et puis, il est courageux!

MARIE.

Sans doute; mais je crains...

STANISLAS.

Voyons, tu voulais tout à l'heure qu'il fût bien loin, et maintenant tu voudrais peut-être qu'il fût déjà de retour!... (On entend sonner onze heures.) — Onze heures!... et Sturmer ne revient pas!... Après cela, le gouverneur de la province, chez qui il est allé toucher ma pension, n'est pas toujours chez lui... S'il a été obligé de l'attendre!... Pourvu qu'il nous rapporte cet argent!

MARIE.

Le dernier quartier ne nous a pas été payé.

STANISLAS.

Ni l'avant-dernier non plus... Si nous soupions?... Soupons, mon enfant.

(Il va ouvrir l'armoire du fond, dans laquelle on ne voit que quelques rares assiettes vides.)

MARIE, qui l'a suivi sans bruit, le retenant par le bras, quand il a ouvert l'armoire.

Vous qui avez fait la guerre, vous qui en connaissez les plus dures privations, mon bon père, comment fait-on quand le pain vient à manquer?

STANISLAS, étonné de la question.

Comment on fait ?... On a attendu deux jours... on attend un troisième...

MARIE.

Et puis?...

STANISLAS, ému.

Et puis... et puis... Parlons encore de ton mariage. (Il va s'asseoir dans le fauteuil à gauche; Marie s'assied auprès de lui.) Si j'étais... ce que je ne suis plus... j'aurais mis mon orgueil de père, je l'avoue, à t'unir à quelque prince, mon voisin ou mon allié. Je n'ai plus de couronne, je ne suis plus qu'un exilé, je n'ai donc plus d'autre ambition que ton bonheur. Marie, réponds-moi avec franchise : Ne regretteras-tu jamais, si tu épouses monsieur Le Tellier, de t'être mésalliée?... d'être descendue jusqu'à lui !

MARIE.

Descendue?... Oh! jamais! jamais!

STANISLAS.

Quand tu verras des duchesses prendre le pas sur toi?...

MARIE.

Je me dirai : Il m'aime bien, et je n'envie le sort d'aucune femme sur la terre !

STANISLAS.

Et quand la reine entrera sans même te regarder?

MARIE, se levant.

Laissons les reines, je vous prie! Vous me faites, je ne sais pourquoi...

STANISLAS.

Oui, je te fais beaucoup plus ambitieuse que tu n'es, que tu ne seras jamais, toi qui m'as raccommodé encore hier ce bon gros vêtement avec lequel j'ai si chaud. Mais, en vérité, tu travailles comme un ange, ma bonne Marie !

MARIE.

Et vous verrez bientôt comme je brode. (Elle va au fond à gauche, où se trouve un habit sur une chaise.) Regardez cet habit de velours... cet habit que vous mettrez dimanche pour aller aux offices de la cathédrale... Les parements ne sont pas en bien bon état... Il sera comme neuf dimanche.

(Elle revient près de son père.)

STANISLAS.

Chère enfant!

MARIE.

Et puis, je veux que vous soyez beau, mon père, pendant mon absence, tandis que je serai à Fontevrault, auprès de mademoiselle de Vermandois, une chanoinesse d'un si grand nom ! une princesse! La cousine du roi de France !

STANISLAS.

Ta cousine!

MARIE.

Étes-vous content de mon ouvrage ?

STANISLAS.

Si je suis content!... Je voudrais pouvoir te donner... Mais, hélas!...

SCÈNE VII.

STANISLAS, MARIE, GERTRUDE.

GERTRUDE.

Le voici! le voici!

MARIE.

Sturmer?

GERTRUDE.

Sturmer!

MARIE.

Béni soit Dieu!

(Elle passe à droite, ainsi que Stanislas.)

GERTRUDE, à Sturmer qui entre

Va, le bienvenu!

SCÈNE VIII.

GERTRUDE, STURMER, STANISLAS, MARIE.

STURMER, fort ému.

Des voleurs!

MARIE.

Ah! mon Dieu!

STANISLAS.

Tu as été volé?... Mais tu n'as pas été blessé, mon pauvre Sturmer?

STURMER.

Non, que je sache.

STANISLAS.

Raconte-nous vite...

STURMER.

Voici. En quittant le dernier carrefour de la forêt... Vous savez, le carrefour du Sanglier, à cinq minutes d'ici ?

STANISLAS.

Oui... oui... le carrefour du Sanglier... Eh bien ?

STURMER.

J'ai été assailli par une bande de coquins...

STANISLAS.

Combien étaient-ils?

STURMER.

Un... tous armés.

STANISLAS.

Combien dis-tu?

STURMER.

Je dis un seul.

STANISLAS.

Mon pauvre Sturmer, ton cerveau troublé par le froid... car chez toi ce n'est pas la peur... Bois un verre de vin.

MARIE, bas à Stanislas

Mon père....

STANISLAS, devinant Marie, à Sturmer.

Continue.

STURMER.

Leurs visages étaient cachés...

STANISLAS.

Ils étaient donc plusieurs?

STURMER.

Oui et non... Cet homme m'a dit : Es-tu bien Sturmer? — Oui, je lui ai répondu, je suis Sturmer. — C'était, il paraît, un voleur de ma connaissance. — Tu es au service de Sa Majesté Stanislas, roi de Pologne? m'a-t-il demandé. — Moi de répondre : Oui, oui! — Il s'est alors découvert. C'est un voleur plein de respect... — Tu viens de Wissembourg, où tu es allé pour toucher la pension que fait à ton maître la cour de France? — Oui, lui ai-je aussitôt répondu en me découvrant à mon tour, pour ne pas être en reste de politesse avec lui. — Combien as-tu dans ta ceinture? — Rien; on ne m'a pas payé la pension. — Tu mens! — Je ne mens jamais! Fouillez-moi, d'ailleurs! — Il m'a fouillé. — C'est vrai, tu n'as rien! — Que trop vrai! — Ah! tu es heureux, a repris le voleur, que je sois seul!... Mes camarades ne t'auraient pas lâché à si bon marché; mais ta vie n'en est pas moins toujours en danger. — Pourquoi? ai-je eu la curiosité de lui demander. — Pourquoi? parce qu'au bout de l'avenue, tu vas rencontrer ces mêmes camarades, la bande dont je suis le chef; et si tu n'as rien à leur donner, soit par dépit, soit par défiance, ils te tueront. — Mais c'est tout simplement me dire qu'ils vont me tuer, car je ne pourrai leur donner ce que je n'ai pas. Le voleur s'est mis alors à réfléchir. Je réfléchissais beaucoup, moi aussi! — Eh bien! mon brave Sturmer, a-t-il ajouté... car je te connais et je t'aime... — Vous êtes bien bon! Je puis vous assurer que de mon côté... — J'ai été ton camarade à la guerre... — Bien flatté, monsieur!... Mais je vois que nous n'avons pas suivi la même carrière... Je suis

resté militaire, et vous vous êtes jeté dans le civil. — Or, je ne
veux pas que tu meures... — Moi non plus, je ne le veux pas.—
Prends cette bourse, entends-tu? — J'entends. — Sangle bien
ton cheval, pique-le des éperons... Au bout de la route, mes
amis les voleurs se présenteront à toi... Ne fais ni une ni deux,
jette-leur cette bourse que je t'ai donnée, et pendant qu'ils la
ramasseront, file au plus vite ; rends-toi auprès de ton maître.
— Je remercie le généreux brigand, je prends le chemin qu'il
m'indique avec tant de bonté... Qui sait même s'il ne m'a pas
suivi pour mieux veiller sur ma personne?... Et je trouve au
bout de la route... non, je ne trouve rien... aucun voleur. Ils
étaient sans doute occupés ailleurs à faire quelque meilleur
coup. Sans les attendre, je continue à galoper sur la neige... et
me voilà !

STANISLAS.

Et la bourse?

GERTRUDE.

Oui, la bourse ?

STURMER, sortant la bourse.

Là voilà aussi. — Voyez, que d'argent! que d'argent!

STANISLAS.

Mal acquis.

STURMER.

Cependant, on dit que voler des voleurs... D'ailleurs, je n'ai
pas volé...

STANISLAS.

Je ne veux pas de cet argent chez moi.

GERTRUDE.

Soyez tranquille, nous ne le garderons pas.

STURMER.

Pourtant... puisque ce voleur me connaît, c'est peut-être un
placement.

STANISLAS.

Tais-toi! Tout ceci sent la corde et le gibet; si ce bandit te
connaissait, tu le connaîtrais aussi.

STURMER.

Moi?... Son visage était caché... et je n'ai jamais été voleur.

STANISLAS.

Voyons! qui soupçonnes-tu?

STURMER.

Oh! pour cela, personne. .

STANISLAS.

Donc, aucun soupçon... pas de preuve... on rendra cet argent
aux gens de justice. (Il passe à droite.)

STURMER, à Marie.

Pas de soupçon... pas de preuve... Cependant, quand le voleur a tiré sa bourse, il a tiré en même temps de sa poche, sans s'en apercevoir, ce mouchoir qu'il a laissé tomber. Il pourrait peut-être nous aider...

MARIE, prenant le mouchoir qu'elle examine.

Ah!

STANISLAS.

Qu'est-ce?

MARIE, cachant le mouchoir et allant à droite.

Rien.

STANISLAS, venant à Sturmer.

Maintenant, mon brave Sturmer, va te reposer : tu dois en avoir besoin.

STURMER.

Je vais me fourrer dans le foin jusqu'aux oreilles, car j'ai bien sommeil et bien froid. (En s'en allant.) Pourtant ce voleur... cet argent... le rendre aux gens de justice!... (A Gertrude.) Femme, viens m'aider à faire mon lit. Bonjour, maj... Bonsoir, général.

(Il sort, accompagné de Gertrude.)

SCÈNE IX.

STANISLAS, MARIE.

STANISLAS.

Voilà un voleur dont l'espèce sera toujours rare : donner, le poignard sur la gorge, cent pistoles au moins au premier passant qui traverse la forêt!... Mais j'oublie, ma pauvre Marie, que ma pension n'a pas été payée, et que...

MARIE.

Bon espoir, mon père! nous ne manquerons de rien.

STANISLAS.

Et d'où te vient maintenant cet espoir, toi qui tantôt...?

MARIE.

Du ciel!... de mon cœur!...

STANISLAS.

J'accepte cet espoir... je veux m'endormir sur une bonne pensée. Bonsoir, Marie!

MARIE.

Dieu accorde un bon sommeil à Votre Majesté!... Votre bénédiction avant de me quitter. (Elle s'agenouille.)

STANISLAS, étendant une main sur le front de Marie.

Seigneur, vous m'aviez donné autrefois une couronne, vous

m'aviez donné dix millions de sujets, des palais splendides!...
Vous m'avez ôté tout cela... soyez béni!... Donnez-nous demain, s'il vous plaît, à moi et à ma fille, notre pain quotidien.

MARIE, se relevant.

Merci, mon père !

STANISLAS.

Bonne nuit, mon enfant!

(Il allume un bougeoir et sort par la gauche.)

SCÈNE X.

MARIE, seule.

`Ce mouchoir!... c'est bien le mien... celui qu'il a emporté
tantôt dans ses adieux. Mais alors, cette bourse, cet argent?...
Comment puis-je douter?... Non, je ne doute plus... Quelle délicatesse!... Pauvre mouchoir!... qu'il doit être affligé de l'a-
voir perdu!...

SCÈNE XI.

GERTRUDE, MARIE.

GERTRUDE, entrant du fond.

En vérité, ce Sturmer devient de plus en plus difficile : il a
demandé une botte de paille pour oreiller.

MARIE, entendant venir Gertrude, elle noue vite le mouchoir à son cou.

Ah! te voilà?

GERTRUDE.

Oui, mademoiselle. Il est déjà en train de dormir; je voudrais
bien en faire autant, car je tombe de sommeil.

MARIE.

Je t'attendais.

GERTRUDE.

Voilà, mademoiselle.

(Elle prend la lampe et va pour entrer à gauche.)

MARIE.

Eh bien! où vas-tu donc?

GERTRUDE.

Je vais me coucher.

MARIE.

A l'ouvrage! à l'ouvrage!... (Elle va prendre l'habit, au fond à gauche,
ainsi qu'une corbeille à ouvrage qu'elle apporte sur la table, à gauche.) Nous n'a-
vons plus que deux jours, tu le sais, pour achever de raccom-
moder cet habit de mon père.

GERTRUDE.

Oui, mademoiselle.

MARIE.

Dans deux jours, je pars pour Fontevrault.

GERTRUDE.

Hélas!

MARIE.

Et la nuit est déjà bien avancée.

GERTRUDE.

Oh! oui.

MARIE.

Bientôt minuit!

(Les deux femmes, assises auprès de la table, Gertrude à gauche et Marie à droite, se mettent à travailler. Gertrude, au bout de quelques secondes, cède au sommeil.)

MARIE, appelant tout en travaillant.

Gertrude?

GERTRUDE.

Mademoiselle.

MARIE.

Connais-tu Versailles?

GERTRUDE.

J'y suis née.

MARIE.

Que tu es heureuse!

GERTRUDE.

Pourquoi?

MARIE.

Pour rien. Travaillons. (Après une courte pause.) Gertrude!... Gertrude!... est-ce que tu dors?...

GERTRUDE, s'éveillant en sursaut.

Moi?... non!... non!... Quelle idée!... Je ne sais pas si c'est le froid... cette lampe n'éclaire pas.

MARIE.

Donne, donne!

(Elle enfile l'aiguille de Gertrude.)

GERTRUDE.

Oh! merci, mademoiselle! ça va aller tout seul.

MARIE.

Combien y a-t-il de lieues d'ici à Versailles?

GERTRUDE, sommeillant.

Il y a... il y a quarante lieues... (Vivement.) Non... deux cent quarante lieues.

MARIE, cousant.

Deux cent quarante lieues!... comme c'est loin!... (Nouvelle pause pendant laquelle Gertrude dort sur son ouvrage, et Marie réfléchit plus qu'elle ne travaille. — Appelant.) Gertrude!... Gertrude!... Gertrude!...

GERTRUDE, brusquement éveillée.

Deux cent quarante lieues... tout de rivières!

MARIE.

Combien faut-il de jours pour aller d'ici à Versailles?

GERTRUDE, à demi endormie.

Trois jours et quinze nuits.

MARIE.

Pauvre Gertrude! Elle n'aime pas, elle! (L'on entend sonner minuit à l'horloge du château.) Minuit!... minuit! il est bien loin maintenant, bien loin! Quand arrivera-t-il à Versailles? quand sera-t-il revenu? (A demi endormie.) Mon Dieu, éloignez de lui tous les dangers d'une route si longue... d'une saison si pénible!... La pluie... la neige... le vent... la neige. (Elle dort.)

SCÈNE XII.

GERTRUDE et MARIE, endormies, LE TELLIER.

LE TELLIER.

(Il entre doucement, s'assure du sommeil des deux femmes, s'approche de Marie, reconnaît avec joie le mouchoir qu'elle a noué à son cou; il le détache, le porte avec passion à ses lèvres et part en l'emportant. — La toile tombe.)

ACTE DEUXIÈME

Le cabinet de travail du duc de Bourbon. Porte d'entrée au fond ; fenêtre au premier plan, à droite et à gauche ; porte à l'angle de droite, panneau secret à l'angle de gauche. Des rangées de cartons aux deux côtés de la porte du fond. Un bureau à droite, un bureau à gauche, et sur l'un et sur l'autre ce qu'il faut pour écrire ; sur le devant, à droite et à gauche, fauteuils.

SCÈNE PREMIÈRE.

UN SECRÉTAIRE, assis au bureau à gauche, le dos tourné au mur.

Madame la marquise de Prie veut aussi ouvrir les lettres adressées au premier ministre ; c'est très-bien ! mais toutes sont encore là scellées et cachetée comme le jour de leur arrivée. En voici trois sur lesquelles il y a : Très-pressées... Depuis plus d'un mois elles attendent. Ne parlons pas si haut : ce panneau secret laisse passer la voix, et, au moment où l'on s'y attend le moins, il s'ouvre sans bruit, et l'on voit paraître madame de Prie ou monsieur le duc. Et dire que ces lettres renferment toutes des secrets, et qu'un seul de ces secrets pourrait faire ma fortune ! Ah ! si du moins je pouvais devenir le secrétaire du jeune roi !... mais qui me protégera ?... c'est un rêve ! qui vient le troubler... déjà ? de si bonne heure !

SCÈNE II.

LE SECRÉTAIRE, LE CHEVALIER EUSTACHE.

LE CHEVALIER, de fort mauvaise humeur, et à lui-même.
Ah ! c'est ainsi qu'on me traite !... ah ! (Il va et vient très-agité.)

LE SECRÉTAIRE.
Que demandez-vous ? Qui êtes-vous ?

LE CHEVALIER.
C'est moi. (A lui-même.) Il saura qui je suis.

LE SECRÉTAIRE.
Mais qui êtes-vous ?

LE CHEVALIER.
Le chevalier Eustache. (A lui-même.) Il faudra bien qu'on m'accorde.

LE SECRÉTAIRE, cherchant.
Le chevalier Eustache ?... Je ne vous connais pas. Que venez-vous faire ici ?

LE CHEVALIER.

Parler à madame de Prie, puisque c'est jour d'audience. (A lui-même.) Parce qu'il s'appelle monsieur le duc.

LE SECRÉTAIRE, se levant.

Parler à madame de Prie!... de quel droit? qui vous a permis?...

LE CHEVALIER.

Vous ne me connaissez donc pas? (A lui-même.) Parce qu'il est prince de Condé!

LE SECRÉTAIRE.

Non, je ne vous connais pas... et c'est ce que j'ai déjà eu l'honneur de vous dire.

LE CHEVALIER.

Eh! monsieur, ne le devinez-vous pas? Je suis le parent du roi. (Il passe à gauche.)

LE SECRÉTAIRE, à part.

Quelque fou qu'on a laissé s'introduire! (Haut.) Vous, le parent du roi? Je n'ai pas encore eu l'honneur de vous voir figurer à la cour, ou dans l'Almanach royal.

LE CHEVALIER.

Tant pis pour l'Almanach royal! Quant à la cour, j'y suis depuis trois jours, et vous ne me connaissez pas? (A lui-même.) Parce qu'on est prince du sang! voilà-t-il pas! voilà-t-il pas! (Au Secrétaire.) Oui, monsieur, je suis le très-proche parent du roi.

LE SECRÉTAIRE.

Quelle branche?

LE CHEVALIER.

La plus grosse.

LE SECRÉTAIRE, à part.

Sa folie...

LE CHEVALIER.

Je suis son parent, parce que mon père... non, parce que ma mère... je disais bien... parce que mon père est le mari de ma mère, et parce que ma mère a été, par le fait légitime de mon père, la nourrice du roi Louis XV : je suis le frère de lait du roi... Voilà!

LE SECRÉTAIRE, à part.

Ah! oui, j'ai entendu parler... (Haut, avec respect.) Monsieur le frère de lait!...

LE CHEVALIER.

Ah! très-bien! vous me reconnaissez maintenant! Or, puisque je suis le frère de lait du roi, il n'a rien à me refuser. Et jusqu'ici, je l'avoue, il ne m'a rien refusé. Ah! monsieur, quel ac-

2

cueil en arrivant d'Isigny ! Vous savez que le jeune roi étant
fort triste depuis quelque temps, fort mélancolique, on est venu
me chercher à Isigny pour le distraire... J'ai tant d'esprit ! J'arrive donc d'Isigny... j'attends ma famille : mon grand oncle,
ma grand'tante et Colette... Colette, c'est... Ah ! monsieur, quel
accueil !... En me voyant, le roi s'est écrié : Voilà mon frère de
lait ! Puis il m'a embrassé, puis il m'a fêté, puis il m'a présenté
à tous les courtisans. Ce n'est pas tout, il m'a donné douze
belles culottes de satin... celle-ci est la moins belle, — un loge-
ment dans le château, une voiture bleue, deux chevaux blancs,
trois domestiques jaunes... Ah ! si j'avais un habit rouge ! mon
rêve, monsieur, un habit rouge ! Enfin, le roi m'a encore donné
beaucoup de petits écus, beaucoup de pistoles et le titre de chevalier Eustache.

LE SECRÉTAIRE.

Et vous venez, monsieur le chevalier Eustache, chez madame
de Prie ?...

LE CHEVALIER.

Pour qu'elle me fasse accorder par monsieur de Bourbon, sur
la volonté duquel elle est toute-puissante, ce qu'il a osé me refuser... Une bagatelle, monsieur, un simple bénéfice, le revenu
de Fersac en Dauphiné.

LE SECRÉTAIRE.

Vingt mille livres par an !

LE CHEVALIER.

Environ. Et quand le roi, mon frère, ne me refuse rien... un
ministre... Allons donc ! Et figurez-vous que j'ai été avec lui
d'une courtoisie et même d'une humilité...

LE SECRÉTAIRE.

Ah ! vous avez été si poli que cela avec monsieur le duc ?

LE CHEVALIER.

Poli comme je ne le serais pas avec le roi, mon frère, lui-
même ! Il ne me répondait pas... mais pas un mot... comme si
j'eusse parlé à sa canne ; et moi, de peur d'ennuyer monsieur
le duc...

LE SECRÉTAIRE.

Ah ! vous avez eu peur de l'importuner ?...

LE CHEVALIER.

On le dit si vif, si violent...

LE SECRÉTAIRE.

A vous casser sa canne sur les épaules.

(Il va prendre des papiers sur le bureau de droite.)

LE CHEVALIER.

J'ai donc bien fait de ne pas le tourmenter davantage.

LE SECRÉTAIRE.

Vous avez fait une énorme sottise.

LE CHEVALIER.

Ah! bah!

LE SECRÉTAIRE, tenant ses papiers à la main.

Vous avez tout perdu, vous dis-je. Monsieur de Bourbon est une organisation singulière, monsieur de Bourbon, retenez bien ceci, n'accorde qu'à l'importunité. Si on le pousse à bout, si on le met en colère, il est généreux à l'excès. Donc, il faut le mettre en colère...

LE CHEVALIER. (Il passe à gauche.)

Ah! si j'avais su?...

LE SECRÉTAIRE.

Oui! il faut... (A part.) Il me semble que le panneau a frémi... Oui... (Haut.) On vient, suivez-moi...

LE CHEVALIER. (Il repasse à droite.)

Cependant...

LE SECRÉTAIRE, l'entraînant.

Venez, je vous dirai plus complétement le moyen infaillible de vous faire écouter de Son Altesse le premier ministre.

(Ils sortent par la porte, à droite.)

SCÈNE III.

MADAME DE PRIE, seule, entrant par le panneau secret.

Non, monsieur de Fleury, non! notre jeune roi n'épousera pas l'infante d'Espagne; et pour qu'il ne soit plus question d'elle, cette grave affaire du mariage sera terminée aujourd'hui, terminée à tout prix. C'est le vœu, c'est la volonté de monsieur le duc de Bourbon, c'est la mienne. Aussi bien suis-je fatiguée d'entendre toujours parler de ce mariage. Les ambassadeurs qui s'en inquiètent sont constamment dans mes antichambres; les membres du conseil privé en parlent sans cesse au duc de Bourbon; le duc m'en parle à son tour le soir et le matin, le matin et le soir; c'est un ricochet de persécutions dont il faut que j'arrête le cours. Eh! la! la! je n'ai plus le temps de penser ni aux fêtes, ni aux plaisirs, ni aux bals, ni aux toilettes, ni à mes goûts... ni à rien. Pour toutes ces raisons, monsieur le duc, mariez-le donc au plus vite ce jeune roi si passionné; mais marions-le, surtout et avant toute chose, pour nous, dans notre intérêt d'abord, dans l'intérêt de la France ensuite. Et qu'on ne nous parle pas de l'infante d'Espagne... avec l'infante, jamais! — Puisque M. le duc n'est pas là, c'est moi qui recevrai pour lui : c'est encore un ennui que je lui épargnerai. (Elle sonne à gauche.)

SCÈNE IV.

MADAME DE PRIE, LE SECRÉTAIRE.

MADAME DE PRIE, au Secrétaire.

Prévenez le premier valet de chambre que l'audience est ouverte.

LE SECRÉTAIRE, allant à l'antichambre du fond.

Lorrain, annoncez... Il est prévenu, madame la marquise.
(Il vient prendre sa place à gauche.)

MADAME DE PRIE, indiquant la lettre sur le bureau.

Lisez-moi cela.

(Le Valet de chambre apporte un réchaud à trépied, qu'il place sur le devant, à gauche.)

LE SECRÉTAIRE, à part.

Enfin...

(Il prend une lettre et lit tout haut la suscription.)

« Cour de Toscane. »

MADAME DE PRIE.

Monsieur le duc sait parfaitement ce que veut la cour de Toscane ! Toujours ce mariage ! — Au feu !

LE SECRÉTAIRE, timidement.

Comment, madame la marquise ?...

MADAME DE PRIE.

Au feu, vous dis-je !

LE SECRÉTAIRE, après avoir mis respectueusement la lettre au feu, en prend un autre dont il lit tout haut la suscription.

« Cour de Bavière. »

MADAME DE PRIE.

Nous savons aussi ce que veut la cour de Bavière. Même proposition que la cour de Toscane... Même réponse : Au feu !

LE SECRÉTAIRE, même jeu.

« Cour de Naples. »

MADAME DE PRIE.

Au feu ! (Même jeu du Secrétaire. — A part.) Le duc tarde bien ce matin. A-t-il vu le cardinal Fleury ? Sont-ils tombés d'accord ? Mais n'oublions pas que je donne audience. (Elle sonne.)

SCÈNE V.

LE SECRÉTAIRE, MADAME DE PRIE, LE VALET DE CHAMBRE.

MADAME DE PRIE, au valet.

Qui est là, dans l'antichambre ?

LE VALET.

Monsieur le marquis de Saint-Hilarion.

MADAME DE PRIE.

Dites-lui que j'ai la migraine. (Le Valet sort un instant.)

LE SECRÉTAIRE, lisant.

« Cour de Danemark. »

Toujours au feu! (Même jeu du Secrétaire. — Au Valet qui entre.) Qui demande audience?

LE VALET.

Monsieur le comte de Sainte-Maure. Faut-il l'introduire?

MADAME DE PRIE.

Gardez-vous en bien! Dites-lui que je suis aux eaux. (Le Valet va se retirer; elle le rappelle.) Lorrain! si monsieur de Sainte-Maure vous demande quelles eaux... dites-lui... Dites-lui celles qu'il lui plaira. (Le Valet sort.)

LE SECRÉTAIRE, lisant toujours.

« Cour de Portugal. »

MADAME DE PRIE.

Plus que jamais, au feu!

LE SECRÉTAIRE, après avoir jeté la lettre au feu.

Madame la marquise veut-elle m'autoriser à lui donner un avis?

MADAME DE PRIE.

Quel est cet avis?

LE VALET, rentrant.

Madame la marquise veut-elle recevoir monsieur le baron Hennuyer?

MADAME DE PRIE.

Quel nom!... Jamais! mais jamais!.. Le Baron Hennuyer!

LE VALET.

Que lui dire?... car il prétend...

MADAME DE PRIE.

Dites-lui de conjuguer son nom à toutes les premières personnes de chaque temps. (Le Valet va se retirer.) Lorrain, ceci pour M. le gouverneur de la Bastille. (Elle lui remet un pli, le valet se retire. — A elle-même.) Un pauvre diable de poëte qui a fait une épigramme contre moi. Je lui rends la liberté... après cinq mois de cachot. Il n'a pas assez d'esprit pour que je l'y laisse davantage. (Haut.) Voyons votre avis, monsieur le Secrétaire : quel est cet avis?

LE SECRÉTAIRE.

Puisque vous brûlez sans distinction chacune de ces dépêches, ne serait-il pas plus simple, madame la marquise, de les jeter toutes au feu d'un seul coup?

2.

MADAME DE PRIE.

Ma foi! vous avez raison : au feu tout ce qui reste!

(Le Secrétaire jette en masse toutes les lettres qui étaient sur le bureau. La Marquise rit aux éclats.)

LE VALET, rentrant.

Madame la marquise veut-elle recevoir le duc de Matanzas, grand d'Espagne?

MADAME DE PRIE.

Oh! celui-là... dites-lui que je suis morte de ce matin. Ah! Lorrain ?

LE VALET.

Madame la marquise.

MADAME DE PRIE.

Et enterrée.

LE VALET.

Oui, madame la marquise. (Il va pour sortir et revient.) Il y a aussi dans l'antichambre un jeune officier de dragons.

MADAME DE PRIE.

Est-il blond?

LE VALET.

Non, madame la marquise, il est brun.

MADAME DE PRIE.

Je ne reçois pas.

LE VALET.

Il vient chercher, dit-il, la réponse à une lettre écrite à monsieur le duc.

MADAME DE PRIE.

Dites-lui que notre courrier est parti. (Regardant le feu.) Sa réponse doit être en route. Vous a-t-il dit son nom?

LE VALET.

M. Le Tellier, comte d'Estrées. *

MADAME DE PRIE, à part.

M. Le Tellier !... ce jeune capitaine de dragons qui, sans me connaître, s'est battu pour moi à Wissembourg, qui a été dangereusement blessé?... (Haut.) Faites entrer; que toutes les portes lui soient ouvertes, mais qu'on les ferme derrière lui. Je ne reçois plus personne. (Le Valet et le Secrétaire sortent.) Voilà comme j'aime les audiences : celles-là ne prennent pas de tems. Le duc se fait bien attendre! Qu'ont-ils résolu lui et le cardinal Fleury? c'est que tout mon avenir est là. Maudit cardinal! quatre-vingts ans... et il ne... et il se porte à merveille!

LE VALET, annonçant.

Monsieur le comte d'Estrées!

* On prononce d'Étrée.

SCÈNE VI.

LE TELLIER, MADAME DE PRIE.

LE TELLIER.

Madame la marquise, vous excuserez la témérité...

MADAME DE PRIE.

Un dragon est toujours excusable d'être téméraire : sans cela, serait-il dragon?

LE TELLIER.

Vous m'encouragez!... Voulez-vous me permettre d'être un peu... impertinent?

MADAME DE PRIE.

Je vous en prie, monsieur.

LE TELLIER.

Vous êtes jeune, vous êtes fort jolie, fort séduisante. .

MADAME DE PRIE.

J'attends l'impertinence.

LE TELLIER.

Eh! bien, je suis obligé de vous dire que j'ai rencontré une jeune femme presque aussi belle, presque aussi séduisante que vous, et...

MADAME DE PRIE.

Et?...

LE TELLIER.

Et je l'aime.

MADAME DE PRIE.

Vous aimez?... (Elle soupire.) Allons! il y a encore des pays où l'on aime : ce doit-être bien loin.

LE TELLIER.

Oui, madame, aux frontières.

MADAME DE PRIE.

Mais, voyons, monsieur Le Tellier, vous m'avez dit qu'une femme était aussi belle, aussi séduisante que moi. Je vous ai pardonné l'impertinence; mais je vais vous répondre avec franchise.

LE TELLIER.

Impertinence pour impertinence.

MADAME DE PRIE.

Vous avez fait vos premières armes sous la régence; vous avez été le protégé de monsieur le duc d'Orléans et du cardinal Dubois.

LE TELLIER.

Et ce qui le prouve, c'est qu'ils n'ont jamais rien fait pour moi, ni l'un ni l'autre.

MADAME DE PRIE.

Vous ne me persuaderez-pas qu'il vous reste assez d'illusion pour vous croire aimé de cette femme si rare, et que je voudrais bien connaître.

LE TELLIER.

Madame la marquise, je me crois aimé.

MADAME DE PRIE.

Vous êtes jeune, monsieur Le Tellier.

LE TELLIER.

Malheureusement celle que j'aime, et qui m'aime, est d'une naissance...

MADAME DE PRIE.

Qu'importe la naissance? toutes les jolies femmes descendent des Montmorency.

LE TÉLLIER.

C'est que je veux me marier.

MADAME DE PRIE.

Vous marier?... Oh! mais alors, il fallait le dire tout de suite! Voyons, vous dites que la femme qui vous adore est d'une naissance obscure, et que vous venez, vous, monsieur Le Tellier, un neveu du maréchal, du duc d'Estrée, vous venez, dis-je, demander au prince, par mon entremise, la permission de vous mésallier?

LE TELLIER.

Non, madame, la naissance de celle que j'ai distinguée est, au contraire, si élevée, que je ne me crois pas le droit de lui offrir mon nom et ma main avant d'avoir obtenu la haute faveur que j'accours solliciter de monsieur le prince de Condé, par votre puissante intervention.

MADAME DE PRIE.

Mais elle est donc bien noble?... Mais elle est donc bien belle?

LE TELLIER.

Ailleurs qu'ici, je répondrais la plus belle des femmes.

MADAME DE PRIE.

Vous m'intéressez!... continuez.

LE TELLIER.

Eh bien! madame, je suis de bonne maison, vous le savez; mais pour m'allier à une aussi glorieuse famille que celle où je voudrais entrer, j'oserais demander d'être créé duc et pair. Ce titre avait été promis à mon père par le feu roi; il allait en signer le brevet quand la mort l'enleva. Le brevet demeura dans les cartons.

MADAME DE PRIE.

Où il repose encore. Voilà ces cartons. (Elle indique une rangée de

cartons. Le Tellier se découvre avec respect.) Que faites-vous? Vous sa-
luez?

LE TELLIER.

Ne se découvre-t-on pas devant les tombeaux? Ainsi, madame
la marquise, les grands services rendus par mes aïeux à la monarchie ne me font pas peut-être tout à fait indigne de ce titre,
que je m'engage à payer de tout mon sang à la première occasion que me fournira le sort des armes. Ah! madame, vous êtes
si belle... vous devez êtes si puissante...

MADAME DE PRIE, allant s'asseoir à droite.

Eh! il y a un duc de Bourbon, qui ne fait pas tout ce que je
veux, quoi qu'on en dise. Au palais de Versailles, où nous
sommes, il y a aussi un jeune roi qui ne fait pas non plus tout
ce que veut monsieur de Bourbon. D'ailleurs, monsieur de
Bourbon a horreur de conseiller au roi de faire des ducs et pairs.
Il dit, à cause des formidables rivalités que ces nominations
soulèvent, que ce sont des embarras sans nombre qu'on se
crée, sans parler des ingrats qu'on se prépare.

LE TELLIER.

Oh! madame, madame!... moi, ingrat!

MADAME DE PRIE.

Je ne dis pas cela pour vous. Il n'y a jamais que les autres
qui sont ingrats.

LE TELLIER, s'agenouillant et portant la main de madame de Prie à ses lèvres.

Moi, ingrat?

MADAME DE PRIE.

Mais, encore une fois, ce n'est pas pour vous....

LE VALET, annonçant.

Monsieur le duc!

LE TELLIER, voulant se relever.

Ciel!

MADAME DE PRIE, l'en empêchant.

Restez!

LE TELLIER.

Monsieur le duc!

MADAME DE PRIE.

Restez, vous dis-je. Embrassez donc ma main... Plus fort!
plus fort encore!

SCÈNE VII.

LE DUC, MADAME DE PRIE, LE TELLIER.

MADAME DE PRIE, au Duc, surpris de l'attitude de Le Tellier.

Monsieur le duc, je vous présente monsieur Le Tellier.

LE DUC, se contenant à peine.

Monsieur, je suis bien le vôtre. (Bas à madame de Prie.) C'est ainsi que vous présentez les gens.

LE TELLIER, au comble de l'embarras.

Monseigneur... je... madame la marquise... c'est elle qui... ma reconnaissance... sa protection.

LE DUC, la rage dans les dents.

Vous pouvez compter sur la mienne.

LE TELLIER, saluant pour sortir.

Monseigneur.

LE DUC, tournant brusquement le dos. A part.

Quel est ce jeune homme ?

LE TELLIER, bas à madame de Prie.

Je suis perdu !

MADAME DE PRIE, bas à Le Tellier.

Allez m'attendre dans le parc, près des charmilles ; si j'enlève votre nomination, je vous la porterai moi-même. (Haut.) A revoir ! à revoir, monsieur le capitaine. (Le Tellier sort regardant le Duc.) Il est en colère... Si je parviens à le mettre en fureur, tout est gagné.

SCÈNE VIII.

LE DUC, Mᵐᵉ DE PRIE.

LE DUC, en colère.

Quel est ce jeune homme ?

MADAME DE PRIE, avec calme.

C'est un jeune homme.

LE DUC, avec colère.

Ce dragon?

MADAME DE PRIE, calme.

C'est un dragon.

LE DUC.

Savez-vous que nous pouvons aller longtemps ainsi ?—Est-ce encore un de vos adorateurs?

MADAME DE PRIE.

On pourrait plus mal choisir.

LE DUC.

Trêve à la plaisanterie ! Que faisait-il à vos pieds ?

MADAME DE PRIE.

Il me baisait tendrement la main... je ne le cache pas.

LE DUC, de plus en plus en colère.

Vous feriez mieux de cacher vos intrigues et de me montrer les lettres que m'envoie ma sœur, mademoiselle de Vermandois.., mais laissons cela ! Ce jeune homme?...

MADAME DE PRIE.

Moi, j'ai reçu de votre sœur?...

LE DUC.

Elle m'a écrit dix-sept lettres, prétend-elle : toutes sans doute pour me fatiguer de son éternelle demande. Lassée d'être chanoinesse, elle veut à tout prix être nommée supérieure de Fontevraut. Que sont devenues ces dix-sept lettres? vous les aurez perdues, déchirées...

MADAME DE PRIE, à part, en regardant le réchaud.

Diable !... (Haut.) Je vous jure bien que non... je ne les ai pas déchirés. — Ah ! votre sœur !...

LE DUC.

De son côté, fatiguée de mon silence, — dix-sept lettres ! — elle m'a envoyé ce matin un courrier pour savoir si décidément je voulais, oui ou non, la faire nommer supérieure de Fontevraut. Et moi de lui répondre par le même courrier que sa nomination était certaine. Belle affaire, je viens d'en parler au cardinal Fleury, que cela regarde... Il m'a répondu par un refus sec et positif.—Mais encore une fois, laissons cela ; qu'est venu faire ici ce jeune homme?

MADAME DE PRIE.

Ah ! ainsi vous avez vu le cardinal ?

LE DUC.

Je l'ai vu... Qu'est venu faire ici ce jeune homme? Que veut-il?

MADAME DE PRIE.

Il veut se marier.

LE DUC, haussant les épaules.

Avec vous peut-être? — Eh bien! qu'est-ce que cela nous fait qu'il veuille se marier?...

MADAME DE PRIE.

Voici ce que cela nous fait. En se mariant, il désirerait apporter pour dot à sa femme le manteau de duc et pair. Je le lui ai promis.

LE DUC.

Vous!... vous avez promis?... Quelle plaisanterie! Vous promettriez le chapeau de cardinal, vous!

MADAME DE PRIE.

A propos de cardinal, qu'avez-vous fait avec monsieur de Fleury? (Le câlinant.) Instruisez-moi, je vous en prie.

LE DUC, se dégageant d'elle.

Le nom de ce jeune homme? le nom de ce jeune homme?

MADAME DE PRIE.

Je vous l'ai déjà dit : Monsieur Le Tellier, comte d'Estrées, neveu du maréchal d'Estrées, et ce qui vaut mieux pour moi que tout cela, descendant de la belle Gabrielle d'Estrées.

LE DUC.

Le Tellier!... Le Tellier!... Ah! oui, un petit officier en garnison aux frontières; fort noble, ma foi! fort brave aussi, mais peu riche, si je me souviens.

MADAME DE PRIE, à elle-même.

On dirait que la tempête s'apaise; rallumons-la. (Haut.) Il est très-bien, ce jeune homme : brun, avec des yeux bleus! C'est charmant, c'est rare, n'est-ce pas?

LE DUC, grommelant.

Ce serait bien plus rare s'il avait les yeux bruns et les cheveux bleus! (Éclatant.) Morbleu! qu'il se marie avec qui il voudra et nous laisse en paix!

MADAME DE PRIE.

Mais il faut pour cela qu'il soit duc et pair.

LE DUC, même ton.

Duc et pair! un homme que je trouve à vos pieds!

MADAME DE PRIE, à part.

Voici revenir la tempête! (Haut.) Quelle tournure gracieuse et martiale à la fois! C'est un superbe officier!

LE DUC, en fureur.

C'est duc et pair qu'il veut être?

MADAME DE PRIE.

Avec votre bon plaisir.

LE DUC.

En vérité, cette sollicitude pour lui!... ce désir de lui accorder sur-le-champ ce qu'il demande... Avouez-le, madame, ce jeune homme est votre...

MADAME DE PRIE.

Je l'avoue; oui, j'en suis amoureuse, j'en suis folle!

LE DUC, au comble de la fureur.

Il quittera Versailles à l'instant!

MADAME DE PRIE.

Mais duc et pair!

LE DUC, exaspéré, sonnant à gauche.

Oui... oui... duc et pair.

(Il va prendre un brevet dans un des cartons.)

MADAME DE PRIE, à part.

Allons donc !

LE SECRÉTAIRE, entrant.

Monseigneur !...

LE DUC, revenant au bureau à gauche ; au Secrétaire.

Sur ce brevet, mettez la date et mon cachet. (A madame de Prie.) Mais, j'y pense...

MADAME DE PRIE.

Qu'est-ce donc ?

LE DUC.

Pour être duc et pair, il faut que votre protégé ait au moins vingt mille livres de revenu.

MADAME DE PRIE.

Eh bien! en le nommant, donnez-lui vingt mille livres de revenu. Le bénéfice de Fersac est vacant depuis deux jours...

LE SECRÉTAIRE, étonné, à part, et en s'en allant.

Le bénéfice de Fersac !... et le chevalier Eustache !...

LE DUC, exaspéré.

Marquise !... marquise !... Soit, finissons-en. (Il signe le brevet.) Le voilà duc et pair, mais qu'il parte !... qu'il parte maintenant !... (Il remet le brevet à madame de Prie.) Etes-vous contente, perfide ?...

(Il passe à droite, où il s'assied.)

MADAME DE PRIE, à part.

Je serai contente quand j'aurai remis ce brevet. A chaque instant, — je le connais, — il peut le reprendre et le déchirer. (Haut, après une petite scène muette de coquetterie, où, penchée sur le fauteuil du duc, elle se laisse prendre et baiser la main.) Jaloux ! — Aux affaires maintenant! Qu'avez-vous fait? qu'avez-vous terminé avec le cardinal?

LE DUC.

Je sors de chez lui. Il allait monter dans sa chaise pour se rendre au château... Je l'ai retenu. — Immédiatement après lui avoir parlé de ma sœur, pour laquelle j'ai été si bien reçu, j'ai abordé la question bien autrement importante du mariage du roi. Allant droit au but, — j'avais peu l'esprit aux ménagements, — j'ai demandé au cardinal s'il avait trouvé une jeune épouse au roi.

MADAME DE PRIE.

Et qu'a-t-il répondu ?

LE DUC.

Qu'en sa qualité de cardinal, il ne voulait pas se mêler de ces négociations-là. Eh bien! lui ai-je dit alors, puisqu'il en est ainsi, je m'occuperai seul de cette grave question. — Voyons pourtant, a timidement repris le cardinal, le côté politique de ce mariage. (Il se lève.)

3

MADAME DE PRIE.

Il y venait!

LE DUC.

J'ai aussitôt proposé les maisons de Savoie, de Milan... sourde oreille. La maison d'Autriche... trop puissante... oh! trop puissante, m'a-t-il objecté.

MADAME DE PRIE.

Vous verrez qu'il ne s'occupait que de ce mariage, dont il ne voulait pas s'occuper. Mais la femme, voyons la femme qu'il vous a proposé de donner au roi.

LE DUC.

Savez-vous celle qu'il m'a encore proposée? L'infante!

MADAME DE PRIE.

Toujours l'infante! l'inévitable, l'éternelle infante, qu'on a fait venir de Madrid à Versailles, il y a un an, dans le but ridicule, impossible, monstrueux de la marier au roi! Mais elle est contrefaite, mais elle est louche, mais elle est noire comme une taupe, cette superbe infante!

LE DUC.

Tout ce qu'il vous plaira! Mais à moins que le roi ne fasse lui-même un autre choix, un choix digne de lui, un choix que le cardinal et moi avons juré de respecter, le cardinal veut que le mariage avec l'infante ait lieu tout de suite.

MADAME DE PRIE.

Et vous, vous ne le voudrez pas, monsieur le duc, non, non! cent mille fois non! car, voyez-vous, nous ne pouvons nous maintenir, vous et moi, au sommet du pouvoir qu'à la condition expresse, absolue, de choisir la femme du roi. Il faut que ce soit nous qu'il épouse en elle. En épousant l'infante, Louis XV épouserait le cardinal.

LE DUC.

C'est parfaitement mon avis. Mais enfin quelle femme lui donner?

MADAME DE PRIE.

Aucune... plutôt que de le marier à l'infante.

LE DUC.

Aucune... aucune!... Le jeune roi a dans les veines du sang de son aïeul Henri IV.

MADAME DE PRIE.

Tenez, cher duc, nous sommes exactement dans la position difficile où l'on se trouva quand il fallut marier Henri IV, non moins vif, non moins romanesque que notre jeune roi.

LE DUC.

Et comment se tira-t-on d'embarras?

MADAME DE PRIE.

Vous rappelez-vous, duc, la délicieuse histoire de Henri IV et de Fleurette?

LE DUC.

Fleurette ne fut que la maîtresse de Henri IV. Une maîtresse!...

MADAME DE PRIE.

Qui parle ici de maîtresse?... Vous me demandez comment on se tira d'embarras : l'histoire vous répond...

LE DUC, contrarié.

Fleurette! Fleurette!

LE CHEVALIER, au dehors, bruyamment.

C'est inouï! un homme comme moi!

LE DUC.

Qui donc ose se permettre?...

MADAME DE PRIE.

Vous ne reconnaissez pas cette voix? C'est le mannequin, le jouet du jeune roi... son frère de lait.

LE DUC.

Un étourneau!

MADAME DE PRIE.

Qu'on a fait venir exprès de son village pour tâcher d'égayer le prince.

LE DUC.

Il ne m'amuse pas du tout.

LE CHEVALIER, au dehors, très-haut.

C'est inouï! c'est trop fort! j'entrerai! Je n'ai pas le temps de faire antichambre.

LE DUC.

Qu'on le renvoie!

MADAME DE PRIE.

Gardons-nous-en bien.

LE DUC.

Un niais qui salue jusqu'à terre la veste rouge de nos piqueurs, qu'il prend pour des généraux!

MADAME DE PRIE.

Soit; mais il est en grande faveur.

LE DUC.

Un imbécile!

MADAME DE PRIE.

Rien de plus.

LE DUC.

Vous le voulez?...

SCÈNE IX.

LE CHEVALIER, LE DUC, MADAME DE PRIE.

LE CHEVALIER, à part, en entrant.

Il s'agit de le rendre furieux. (Haut.) Qu'est-ce donc que j'apprends, monsieur le duc?

LE DUC, avec un respect ironique.

Monsieur...

MADAME DE PRIE, bas au Duc.

Très-bien!

LE CHEVALIER, à part.

Comme il est poli! (Haut.) Comment! comment, monsieur le duc, vous avez osé donner à un autre le bénéfice que je vous ai demandé, que mon frère Louis XV m'avait promis?

LE DUC, avec le même respect moqueur.

J'ignore quel bénéfice... (Bas à madame de Prie.) Ce drôle-là!...

MADAME DE PRIE, bas au Duc.

Contenez-vous!

LE CHEVALIER.

Le bénéfice de Fersac que je vous ai demandé ce matin dans le parc. Rappelez-vous... vous ne m'avez pas répondu, vous m'avez familièrement tourné le dos...

LE DUC, avec une extrême courtoisie affectée.

Ah! désolé... (A part.) Triple drôle!

LE CHEVALIER, à part.

De plus en plus poli... cela va mal. (Haut.) Vous allez donc réparer... car c'est incroyable! la nouvelle m'a renversé. Je cédais un instant aux embrassements de ma famille qui arrive d'Isigny, quand j'ai appris que vous aviez commis l'inconséquence, comme je viens de le dire, de donner à un autre...

LE DUC, avec rage.

Je ne sais qui me retient...

MADAME DE PRIE, s'interposant vivement.

Ah! votre charmante famille est ici?...

LE CHEVALIER.

Entre autres ma cousine Colette, la charmante Colette.

MADAME DE PRIE.

Ah! je suis ravie...

LE DUC, bas à madame de Prie.

Vous courtiseriez... le diable!

MADAME DE PRIE, bas au Duc.

Avant tous les autres. (Haut, allant au Chevalier.) Ah! elle se nomme Colette!

(Le Duc va s'asseoir à droite, où il parcourt des papiers.)

LE CHEVALIER.

Le roi l'a vue... il l'a trouvée si gentille, si avenante, qu'il m'a demandé de l'accompagner à ma place à l'Orangerie...

MADAME DE PRIE.

Que dit-il?

LE CHEVALIER.

Où Colette va se rendre pour se faire un bouquet de mariée!... J'ai donc à peine le temps...

MADAME DE PRIE.

Ah! le roi a été si galant que cela!... Ah! le roi veut être le cavalier de Colette!...

LE CHEVALIER.

Parfaitement!... Mais moi, qui ne veux pas lui céder ma place, je vais joliment le tromper.

MADAME DE PRIE, d'un ton de reproche.

Ah! chevalier!

LE CHEVALIER.

Ma parole d'Eustache, je vais le jouer.

MADAME DE PRIE.

Et comment cela? je suis curieuse...

LE CHEVALIER.

C'est bien simple... Ma promenade avec Colette, je vous l'ai dit, est à la petite Orangerie... qu'on voit parfaitement de la fenêtre...

MADAME DE PRIE, qui pour s'approcher de la fenêtre de gauche a jeté en passant un regard à la fenêtre qui est à droite. A part.

Ah! monsieur Le Tellier qui se rend aux Charmilles!... (Haut.) Eh bien, chevalier?...

LE CHEVALIER.

Eh bien, je vais écrire à mon frère que l'endroit de la promenade avec Colette est changé, que c'est au bassin de Diane.

MADAME DE PRIE.

Ingénieux au possible!... (Indiquant la table à gauche.) Mettez-vous donc là, chevalier, et écrivez. (Le Chevalier écrit.) En sorte, chevalier, que tandis que vous deviserez amoureusement avec Colette à la petite Orangerie, le roi, trompé par ce billet, l'attendra sous l'orme autour du bassin de Diane?

LE CHEVALIER, riant.

Oui, madame la marquise.

MADAME DE PRIE.

Adorable! Chevalier, on n'est pas plus spirituel que vous.

LE DUC, à lui-même.

Cette comédie!...

MADAME DE PRIE.

Sonnez, sonnez donc, chevalier. (Elle a pris le billet qu'elle déchire sans être vue du Duc ni du Chevalier. — Bas au Valet qui entre.) Brûlez ceci. (Haut.) Ce billet au roi, de la part de son frère...

LE CHEVALIER.

De lait. (Le Valet sort.)

LE DUC, à part.

Elle a donné un ordre tout bas.

LE CHEVALIER.

Mais Colette doit m'attendre. (Au Duc.) Veuillez me signer tout de suite ce bénéfice.

LE DUC, éclatant et se levant.

Tout de suite!

MADAME DE PRIE, bas.

Du calme! au nom du ciel!

LE CHEVALIER, à part.

Bon! le voilà qu'il part! j'aurai mon bénéfice.

MADAME DE PRIE, regardant par la fenêtre de droite.

Il est encore là... il m'attend. (Haut au Duc.) Je vous quitte.

LE DUC, bas à madame de Prie.

Où allez-vous?

MADAME DE PRIE, bas au Duc.

C'est pour le roi... quelques ordres que je veux moi-même...

LE DUC, de même.

Mais encore!,..

MADAME DE PRIE.

Vous saurez tout plus tard, je reviens dans l'instant. (Bas au Chevalier.) Ne le quittez pas sans avoir obtenu votre bénéfice. (Elle sort.)

SCÈNE X.

LE CHEVALIER, LE DUC.

LE DUC.

Ce départ précipité... je saurai... (Il va pour sortir par le fond, le Chevalier lui barre le passage.) Vous êtes encore là?

LE CHEVALIER.

J'attends qu'il vous plaise de signer...

LE DUC, brusquement.

Il ne me plait pas! le bénéfice est donné.

LE CHEVALIER, l'empêchant de sortir.

Donnez-m'en un autre.

LE DUC.

Allons donc!

LE CHEVALIER.

Mais, monsieur le duc, il me faut un bénéfice.

LE DUC, exaspéré.

Ne m'obligez pas à des extrémités.

LE CHEVALIER.

C'est ce que je désire... des extrémités. (Il ferme la porte du fond.)

LE DUC, furieux.

Oh! c'est trop fort! prenez garde! Où est ma canne?

LE CHEVALIER, à part.

La canne va avoir lieu... j'aurai mon bénéfice!

LE DUC, qui a regardé par la fenêtre, à droite.

Que vois-je? la marquise!

LE CHEVALIER, le dos tendu, regardant par la fenêtre à gauche.

Ah! mon Dieu! Colette avec le roi!

LE DUC, même jeu.

Avec ce jeune capitaine de dragons!

LE CHEVALIER, dans la même attitude.

Vite, monsieur le duc, la canne, ce bénéfice... vite... vite!... j'attends.

LE DUC.

Ah!

(Il écrit vivement à son bureau, à droite.)

LE CHEVALIER.

Il signe.

LE DUC, après avoir écrit, sonne vivement. Le Secrétaire entre par la droite.

Tenez, et silence! (Le Secrétaire sort.)

LE CHEVALIER, à la fenêtre de gauche.

Il offre sa main!... Il embrasse Colette...

LE DUC, à l'autre fenêtre.

Ils disparaissent sous les charmilles... Ah! je vais...

(Il s'élance vers la porte.)

LE CHEVALIER.

Courons vite!

(Il se heurte avec le Duc à la porte.)

LE DUC, qui veut passer.

Eh bien! drôle!...

LE CHEVALIER.

Pardon... pardon... je suis pressé.

LE DUC, le poussant.

Qu'est-ce à dire?

LE CHEVALIER.

Restez là... Signez, moi, je cours. (La porte du fond s'ouvre, madame de Prie paraît.) Ah!

LE DUC.

Ah!... (Le Chevalier se sauve en courant.) Colette, avant tout!

SCÈNE XI.

MADAME DE PRIE, LE DUC.

LE DUC, avec emportement.

Madame!... ce jeune officier... Monsieur d'Estrées...

MADAME DE PRIE.

Eh bien! il est parti...

LE DUC.

Parti!...

MADAME DE PRIE.

Pour l'Alsace... loin d'ici, loin de moi! Vous êtes content?

LE DUC.

Content!... d'ici je vous ai vue... j'ai tout vu...

MADAME DE PRIE.

Eh bien! puisque vous avez tout vu, vous avez dû voir qu'en quittant mon protégé, le vôtre, j'ai rencontré le cardinal?

LE DUC.

Il s'agit bien du cardinal!

MADAME DE PRIE.

Il croit nous avoir vaincus.

LE DUC.

Il a raison de le croire... Mais encore une fois...

MADAME DE PRIE.

Mon cher duc, voulez-vous partager avec moi le bonheur inouï, inespéré d'une vengeance?

LE DUC.

Non! encore quelque chimère!

MADAME DE PRIE.

J'ai la femme qu'il convient de faire épouser au roi Louis XV, celle que nous cherchons depuis si longtemps.

LE DUC.

Vous?

MADAME DE PRIE.

Moi!

LE DUC, ironiquement.

Une femme de sang royal?

MADAME DE PRIE.

Ce qu'il y a de plus royal.

LE DUC.

Après moi, s'il vous plaît...

MADAME DE PRIE.

Non, pas même après vous.

LE DUC.

Voyons, que voulez-vous dire? Quelle est cette femme?

MADAME DE PRIE. Elle se met vivement au bureau à droite, écrit, et dit :

D'abord, écrasons le cardinal, et pour cela délivrons-nous sur-le-champ de cette odieuse petite infante, louche, noire, contrefaite, qui ne sera jamais assez loin de Versailles.

LE DUC.

Encore un coup de tête!

MADAME DE PRIE, écrivant.

Duc, voulez-vous être encore longtemps premier ministre, ou avoir cessé de l'être dans un mois, avant un mois?

LE DUC.

Mais...

MADAME DE PRIE, toujours assise.

Envoyez au gouverneur du palais l'ordre d'en laisser sortir l'infante et de la confier à monsieur de Saint-Lacerne, capitaine des gardes, qui la reconduira sur-le-champ à Madrid... Vous hésitez?

LE DUC.

Je refuse! (Il s'assied à gauche.)

MADAME DE PRIE, allant au Duc et tenant à la main l'ordre qu'elle vient d'écrire.

Alors, vous consentez au mariage de Louis XV avec l'infante? Alors, vous voulez que monsieur de Fleury, devenu maître de l'État par ce mariage, vous exile à votre château de Chantilly?... Alors... choisissez. (Elle met vivement l'ordre sous les yeux du Duc.) Voulez-vous signer cet ordre?

LE DUC, écartant l'ordre.

Sur mon honneur! je ne signerai rien que vous ne m'ayez dit d'abord quelle est la femme que vous destinez au roi.

3.

MADAME DE PRIE.

C'est une femme aussi noble que vous, je vous l'ai dit, aussi noble que le roi ; jeune, belle, instruite, qui descend du plus grand capitaine qu'ait jamais eu la France...

LE DUC.

Nommez-la !... mais nommez-la !...

MADAME DE PRIE.

Son Altesse royale, la princesse de Vermandois.

LE DUC.

Ma sœur !...

MADAME DE PRIE.

Elle-même.

LE DUC.

Ma sœur est au couvent ; elle est chanoinesse.

MADAME DE PRIE.

Mais elle n'a pas encore pris le voile, mais elle n'a pas encore fait de vœux. Je l'ignorais ; c'est le cardinal qui vient de me l'apprendre, en refusant une dernière fois, pour ce motif, de la nommer supérieure. Elle sera reine de France. (Lui donnant une plume.) Signez donc !... (Le Duc signe et se lève. Madame de Prie sonne ; un Valet paraît, elle lui donne le papier.) Ceci pour le gouverneur du palais. (Le Valet sort.) Pas de temps à perdre, mon cher duc. Je vais partir pour Fontevrault, où est votre sœur, la princesse de Vermandois. Je m'y introduis sous un nom d'emprunt, et à la faveur de cet incognito que rien ne trahira, j'étudierai attentivement les goûts et le caractère de la jeune chanoinesse. Si je la trouve comme nous voulons, je lui remettrai une lettre que vous m'enverrez pour elle, et où vous lui annoncerez son prochain avénement à la couronne.

LE DUC.

Mais encore, faut-il que Louis XV, de son côté, accepte...

MADAME DE PRIE.

Oh ! ce serait trop beau, si nous étions déjà sûrs !... Mais outre sa noblesse, outre sa naissance, devant laquelle le cardinal sera forcé de s'incliner, votre sœur est une des plus ravissantes femmes du royaume ; sa réputation de beauté est allée jusqu'à Louis XV. Donc, je pars à l'instant même pour Fontevrault, et j'en ramène votre sœur.

LE DUC.

N'est-ce pas un rêve que tout ceci ?

MADAME DE PRIE.

Rêve ou réalité, agissons !... Nous verrons ensuite.

LE DUC.

Ma sœur reine !...

MADAME DE PRIE.

Elle reine, c'est vous qui êtes roi. — Adieu, duc, je pars.

LE DUC.

Encore un mot!... Réfléchissez!... sans doute, ma sœur...
il y a si longtemps que je ne l'ai vue... c'est presque une
femme étrangère pour moi... convient-elle bien à nos projets ?

MADAME DE PRIE.

Enfin, c'est votre sœur !

LE DUC.

Son caractère était si modeste, si tranquille, si doux !

MADAME DE PRIE.

C'est là ce qu'il nous faut. Que voulez-vous de mieux ?

LE DUC.

Mais il s'agit de la couronne de France !

MADAME DE PRIE.

Toutes les couronnes sont les mêmes : couronne d'or ou couronne de laurier, on ne les attend pas, on les gagne. (Elle sort.)

SCÈNE XII.

LE DUC, LE SECRÉTAIRE.

LE SECRÉTAIRE, entrant vivement par la droite.

Monseigneur...

LE DUC.

Mes ordres ?...

LE SECRÉTAIRE.

Exécutés.

LE DUC.

Ce jeune capitaine de dragons ?

LE SECRÉTAIRE.

Arrêté! il allait partir.

LE DUC.

Oui, partir !

LE SECRÉTAIRE.

Par son domestique nous avons appris qu'il venait d'envoyer
une lettre en Lorraine.

LE DUC.

Achevez!

LE SECRÉTAIRE.

Voici, monseigneur, le seul papier qu'on ait saisi chez lui.

(Il donne un papier au Duc.)

LE DUC.

Voyons ! (A part.) Une autre lettre restée inachevée. (Il lit.)
« Mon cher compagnon d'armes, comment te peindre mon bon-
» heur ! Enfin je vais posséder tout ce que je désire et tout ce que
» j'aime au monde ! Je pars à l'instant même pour Fontevraut...
» et là... » — Fontevraut ! le coupable a été arrêté au milieu
de sa phrase. Maintenant, comment douter encore que la marquise et lui étaient d'intelligence pour me tromper, pour me
jouer ? Ah ! marquise, cette lettre !... (Haut.) Qu'avez-vous fait
de ce jeune homme ? où l'avez-vous envoyé ?

LE SECRÉTAIRE.

A la Bastille.

LE DUC.

Qu'il y reste !

ACTE TROISIÈME

Une salle basse du couvent de Fontevrault. A droite, un escalier conduisant à des cellules ; sur le devant une table sur laquelle sont de gros pains ronds, des corbeilles et des couteaux. Ces pains sont aux deux tiers coupés d'avance afin que l'actrice n'ait presque rien à faire pour détacher les morceaux A gauche, une longue table étroite allant du devant de la scène jusqu'au fond, sur laquelle sont de grossières assiettes, des cuillers et des verres; des bancs de bois tout le long de la table des deux côtés. Au fond, un peu à gauche, la porte d'entrée.)

SCÈNE PREMIÈRE.

SŒUR NOUVELLE, SŒUR BRIGITTE, SŒUR MO-
DESTE, DEUX AUTRES SŒURS, rangeant le couvert.

SŒUR BRIGITTE, parlant très-vite, et entrant.

Je vous dis que la chanoinesse a tort !

SŒUR NOUVELLE, parlant aussi très-vite et la suivant.

Je vous dis, moi, qu'elle a raison !

SŒUR BRIGITTE.

Si !

SŒUR NOUVELLE.

Non !

SŒUR MODESTE, d'un ton traînant.

Mes sœurs !

SŒUR BRIGITTE.

Eh ! mon Dieu ! si mademoiselle de Vermandois veut absolument gouverner ici, qu'elle cesse d'être chanoinesse et se fasse nommer, si elle le peut, supérieure de Fontevrault.

SŒUR NOUVELLE.

Elle le sera quand elle voudra.

SŒUR BRIGITTE.

Oh ! quand elle le voudra !...

SŒUR NOUVELLE.

Sans doute ! sans doute ! sans doute !

SŒUR BRIGITTE.

Alors, elle prendra le voile et prononcera des vœux. En attendant, quelle obéisse à la véritable supérieure, madame de Bois-Robert, qui a mille fois raison de ne pas vouloir que mademoiselle de Vermandois s'arroge, comme elle l'a fait hier, le droit de changer l'heure du souper de nos pauvres et de nos villageois de Fontrevault. Cette prétention chez mademoiselle de Vermandois, cet orgueil caché sous une feinte douceur !...

SŒUR NOUVELLE.

Cette douceur n'est point feinte; et quand mademoiselle de Vermandois daigne elle-même, tout comme nous, surveiller la nourriture des pauvres et tailler elle-même de ses mains de princesse de Condé, par humilité chrétienne, le pain qui leur est destiné, je trouve que la taxer d'orgueil!...

Mlle de Vermandois paraît au haut de l'escalier qu'elle descend lentement pendant les phrases suivantes.)

SŒUR BRIGITTE.

Eh! mon Dieu! la reine Blanche lavait bien la vaisselle au couvent des hospitalières, quand elle s'y retira, après la mort du roi! Nous sommes toutes égales ici.

SŒUR MODESTE.

Oui, quand nous sommes à genoux.

SŒUR BRIGITTE.

Encore une fois, mademoiselle de Vermandois, qui n'est qu'une princesse, n'a pas le droit de changer l'heure de la distribution des vivres. Mais il n'en sera pas aujourd'hui comme hier, non, non, non!

(En se retournant elle se trouve nez à nez avec Mlle de Vermandois et un peu confuse.)

SCÈNE II.

SŒUR NOUVELLE, SŒUR BRIGITTE, MADEMOI-SELLE DE VERMANDOIS, SŒUR MODESTE. Deux Sœurs, à gauche.

MADEMOISELLE DE VERMANDOIS, d'un ton grave et doux.

Je vous demande pardon, ma sœur, il en sera aujourd'hui comme hier. Allez dire à madame de Bois-Robert, notre chère supérieure que je vénère de toute mon âme, que le souper des pauvres leur sera servi désormais tous les jours à six heures, au lieu de leur être distribué à cinq heures.

SŒUR BRIGITTE, plus posée.

Mais la supérieure...

MADEMOISELLE DE VERMANDOIS.

Cinq heures, c'est trop tôt pour les pauvres paysans qui sont à peine revenus des champs à cette heure-là!

SŒUR BRIGITTE.

Mais la supérieure dit que cela nous fait dîner trop tard.

MADEMOISELLE DE VERMANDOIS.

C'est un sacrifice, il est vrai; mais vous n'en aurez que meilleur appétit.

SŒUR BRIGITTE.

Mais la supérieure...

MADEMOISELLE DE VERMANDOIS.

Allez! le repas des pauvres exige encore vos soins. J'ai parcouru les offices; je ne suis pas complétement satisfaite. Retournez-y; vous reviendrez, si j'ai besoin de vous, m'aider à tailler ce pain, afin que mes pauvres n'attendent pas quand ils accourront prendre place à cette table.

Elle congédie toutes les Sœurs, excepté Sœur Modeste qu'elle fait rester. Brigitte, en sortant avec Sœur Nouvelle, semble reprendre la discussion avec elle, mais un regard de Mlle de Vermandois la fait se calmer en apparence.)

SCÈNE III.

MADEMOISELLE DE VERMANDOIS, SŒUR MODESTE.

MADEMOISELLE DE VERMANDOIS, s'asseyant à gauche.

Quelles sont ces deux novices arrivées depuis peu de temps dans notre pieuse maison de Fontevraut, et qu'il m'a été impossible de recevoir à cause de toutes nos préoccupations intérieures?

SŒUR MODESTE.

L'une est venue seule il y a environ dix jours; l'autre, la plus jeune, était accompagnée d'une vieille domestique qui l'a quittée au parloir, après l'avoir recommandée à la supérieure.

MADEMOISELLE DE VERMANDOIS.

Et vous ont-elles paru avoir une vocation décidée?

SŒUR MODESTE.

La moins jeune des deux a éprouvé une bien vive émotion en passant sous la grande voûte d'entrée; elle a tremblé, elle a pâli, quand elle a vu la grille du couvent se refermer derrière elle.

MADEMOISELLE DE VERMANDOIS.

Vocation douteuse! Nous la raffermirons. Et dites-moi, chère sœur, quel est le nom pieux qu'a pris la plus jeune des deux novices?

SŒUR MODESTE.

Celui de sœur Marie; l'autre a pris le nom de sœur Clémence.

MADEMOISELLE DE VERMANDOIS.

Je veux les voir toutes les deux; je puis les recevoir maintenant. Présentez-moi d'abord sœur Marie, je l'attends. Allez, sœur Modeste.

SŒUR MODESTE.

J'obéis. (Elle fait quelques pas pour sortir; mademoiselle de Vermandois se lève et passe à droite. Sœur Modeste revient.) Ne reviendrez-vous pas, chère mère, vous si humble et si douce, sur l'ordre que vous avez donné?... cet ordre si contraire à celui de notre supérieure, madame de Bois-Robert, relativement à l'heure du souper de nos pauvres?

MADEMOISELLE DE VERMANDOIS, avec une douceur infinie.
Jamais!

SŒUR MODESTE.
Vous voulez donc voir se renouveler les difficultés d'hier?

MADEMOISELLE DE VERMANDOIS.
Si elles se renouvellent, c'est à madame de Bois-Robert qu'il faudra les imputer. Je ne puis que prier pour obtenir d'en haut son pardon.

SŒUR MODESTE.
Le ciel veut pourtant...

MADEMOISELLE DE VERMANDOIS.
Qu'on obéisse!... Allez, sœur Modeste, me chercher sœur Marie. (Sœur Modeste sort.)

SCÈNE IV.

MADEMOISELLE DE VERMANDOIS, seule.

Le ciel veut qu'on obéisse, et j'obéirai aussi... quand il me semblera juste d'obéir. Du reste, c'est moi qui aurai bientôt le droit de commander ici; monsieur le duc, mon frère, m'a enfin répondu! Mon élévation au titre de supérieure de Fontevraut est certaine... Une fois maîtresse!... Mais ne secouons pas encore le manteau de l'humilité.

(Elle s'assied sur un fauteuil à droite.)

SCÈNE V.

MARIE LECKZINSKA, MADEMOISELLE DE VERMANDOIS.

SŒUR MODESTE, annonçant.
Sœur Marie! (Elle sort.)

MADEMOISELLE DE VERMANDOIS.
Ma position m'oblige à vous adresser cette première question: qui êtes-vous?

MARIE.
Votre cousine.

MADEMOISELLE DE VERMANDOIS.
Ma cousine! (Après un sourire d'incrédulité.) Vous êtes plus que cela en Dieu, vous êtes ma sœur; mais sur la terre, je n'ai de parentes que parmi les altesses et les reines. Que voulez-vous, je suis princesse de Vermandois, petite-fille du grand Condé, sœur de monsieur le duc de Bourbon, prince du sang, premier ministre du roi Louis XV.

MARIE.

Je ne l'ignore pas, madame.

MADEMOISELLE DE VERMANDOIS.

Mais alors ?...

MARIE.

Moi, je suis Marie Leckzinska, fille du roi Stanislas de Pologne.

MADEMOISELLE DE VERMANDOIS, se levant.

La fille du roi Stanislas !... (Affectueusement.) Ma cousine... mon amie !

(Elle lui prend la main.)

MARIE.

Merci !

MADEMOISELLE DE VERMANDOIS.

J'ai su tous vos malheurs. Mais qui vous amène ici ?

MARIE.

La dernière résolution de ma vie.

MADEMOISELLE DE VERMANDOIS.

La dernière ?...

MARIE.

Pour sauver la position de mon père, il faut que je me marie... que je lui crée un appui dans un gendre.

MADEMOISELLE DE VERMANDOIS.

Eh bien ?

MARIE.

Celui que le ciel semble me destiner pour époux...

MADEMOISELLE DE VERMANDOIS.

Vous ne l'aimez pas, je comprends ! et vous venez demander à la religion le courage...

MARIE.

Mais, au contraire, madame, je l'aime... (Baissant les yeux.) Je l'aime beaucoup !

MADEMOISELLE DE VERMANDOIS.

Quelle douleur, alors ! Car on ne vient pas ici sans apporter quelque douleur...

MARIE.

Des difficultés bien grandes, peut-être, s'opposeront à ce mariage...

MADEMOISELLE DE VERMANDOIS.

Dans ce cas ?

MARIE.

Si je n'épouse pas celui que j'aime, j'ai résolu de rester toute ma vie la fiancée du Seigneur. Je demeurerai dans cette maison de Fontevrault, je prendrai le voile.

MADEMOISELLE DE VERMANDOIS.

Résolution héroïque ! Vous accepteriez la vie monastique, si triste et si sévère, vous ?

MARIE.

Quand une princesse de Condé se fait un bonheur de la prière, du travail et de l'humilité, je puis bien...

MADEMOISELLE DE VERMANDOIS.

Il y a ici tant de devoirs à remplir, que le zèle le meilleur est quelquefois en défaut ! Vous les ignorez ces devoirs... Que je vous les fasse connaître !

(Elle se rassied à droite.)

MARIE.

Dites, je vous prie.

MADEMOISELLE DE VERMANDOIS.

Il faut être levée tous les jours à six heures pour chanter matines.

MARIE.

Je me levais à cinq heures à Wissembourg... quelquefois à quatre.

MADEMOISELLE DE VERMANDOIS.

Oui... mais il faut obéir ici à presque tout le monde.

MARIE.

J'obéirai à tout le monde.

MADEMOISELLE DE VERMANDOIS.

Ah ! — Il faut faire de grossiers travaux.

MARIE.

En Alsace, je raccommodais le linge de la maison.

MADEMOISELLE DE VERMANDOIS.

Je distribue chaque soir aux malheureux le repas frugal de la charité.

MARIE.

Je le leur distribuerai avec vous.

MADEMOISELLE DE VERMANDOIS.

Ce n'est pas tout, ma cousine.

MARIE.

Je l'espère bien !

MADEMOISELLE DE VERMANDOIS.

Je le leur prépare moi-même. — Voyez !

MARIE.

Vous m'apprendrez à le faire.

MADEMOISELLE DE VERMANDOIS.

Quoi ! vous voudriez ?... Alors, venez, approchez. (Elle se lève, la prend par la main et la fait passer à l'autre bout de la table, à droite.) Regardez, voilà les pains destinés à mes pauvres.

MARIE.

Que vous êtes bonne, ma cousine !

MADEMOISELLE DE VERMANDOIS.

Eh bien ! nous allons voir si vous êtes aussi brave que vous le dites. Voulez-vous m'aider ?

MARIE.

Très-volontiers ! Mais que faut-il que je fasse ?

MADEMOISELLE DE VERMANDOIS.

Vous allez le savoir. Ah ! mais pas de fierté ! nous sommes ici les servantes du Seigneur, et les pauvres, vous le savez, sont les enfants du Seigneur.

MARIE.

Commandez à la plus humble de toutes les servantes.

MADEMOISELLE DE VERMANDOIS.

Prenez ce couteau, et imitez-moi maintenant...

(Elles s'asseyent toutes les deux; Mlle de Vermandois prend un pain rond et se met à le couper en morceaux; Marie la regarde et fait comme elle.)

MARIE.

Est-ce bien ainsi, ma cousine ?

MADEMOISELLE DE VERMANDOIS.

Parfait ! — Que dirait l'illustre prince d'Allemagne ou de Moscovie, que vous allez épouser, s'il vous voyait livrée à cette occupation si peu royale ?

MARIE, tout en coupant du pain.

Je ne dois pas épouser de prince.

MADEMOISELLE DE VERMANDOIS.

Ou quelque grand-duc régnant.

MARIE.

Je ne dois épouser aucun grand-duc régnant.

MADEMOISELLE DE VERMANDOIS.

Ah! — Mais prenez garde ! vous faites les morceaux trop grands : tous mes pauvres n'en auraient pas.

MARIE.

Pardon, ma cousine, j'étais distraite ! — Celui qui m'est peut-être destiné est un jeune capitaine de dragons.

MADEMOISELLE DE VERMANDOIS.

Un simple capitaine ? — Après tout, s'il est loyal et brave, comme je n'en doute pas...

MARIE.

Il ést d'une famille illustre... Monsieur Le Tellier ést comte d'Estrées.

MADEMOISELLE DE VERMANDOIS.

Monsieur Le Tellier !... attendez... monsieur Le Tellier !... Mais n'est-ce pas lui qui eut un duel, il y a quelques mois, pour avoir pris la défense d'une femme dont la beauté fatale...

MARIE, vivement.

Que dîtes-vous, ma cousine ?... Un duel ! une femme !...

MADEMOISELLE DE VERMANDOIS.

Une femme ambitieuse autant que dépravée, une femme qui en ce moment gouverne la France.

MARIE, fort émue.

Cette femme ?...

MADEMOISELLE DE VERMANDOIS.

Je croyais l'avoir nommée : madame de Prie.

MARIE, à part.

Encore ce nom ! (Haut.) Oh! non, ma cousine, monsieur Le Tellier ne la connaît pas.

MADEMOISELLE DE VERMANDOIS.

J'aurai confondu alors le nom de monsieur Le Tellier avec un nom qui ressemble au sien. Passons! Vous alliez donc épouser, disiez-vous, monsieur le comte d'Estrées ?

MARIE.

Si toutefois je l'épouse.

MADEMOISELLE DE VERMANDOIS.

Et pourquoi, ma cousine, ne l'épouseriez-vous pas ?

MARIE.

Voici pourquoi.

SCÈNE VI.

MADAME DE PRIE, SŒUR MODESTE, MADEMOISELLE DE VERMANDOIS, MARIE.

SŒUR MODESTE, précédant madame de Prie.

Notre digne mère voudrait-elle recevoir sœur Clémence?... (A demi-voix.) Celle qui a eu si grand peur en arrivant.

MADEMOISELLE DE VERMANDOIS.

Faites-la venir.

(Sœur Modeste fait signe d'avancer à Mᵐᵉ de Prie.)

MADEMOISELLE DE VERMANDOIS, à elle-même.

Encore quelque victime des passions du monde. (Haut.) Approchez sans crainte, madame.

MADAME DE PRIE, à distance.

J'atteudais avec impàtience, depuis que j'ai la joie d'être dans cette sainte maison, le moment de vous dire à vous, que je regarde comme la véritable supérieure, le motif grave et triste qui m'y amène.

MADEMOISELLE DE VERMANDOIS.

Je vous écouterai avec l'attention du cœur et le recueillement de l'esprit, madame.

SŒUR MODESTE.

Puis-je me retirer, digne mère?

MADEMOISELLE DE VERMANDOIS.

Un mot.

(Elle se lève et va vers le fond causer bas avec Sœur Modeste.)

MADAME DE PRIE, à elle-même, sur le devant du théâtre.

Aussi jeune qu'on me l'avait dit, mais beaucoup plus belle encore que je ne le supposais! Connaissons maintenant son caractère, car tout est là. Afin d'atteindre ce but, le seul qui m'amène ici, n'oublions pas un mot du roman que j'ai arrangé en chemin et sur lequel chacune de ses opinions sera un indice, un trait de lumière pour moi.

MARIE, à part, avec anxiété.

Quelle est donc cette madame de Prie dont le nom est déjà venu deux fois se lier à celui de monsieur Le Tellier comme pour exciter ma curiosité et la blesser?

(Mlle de Vermandois congédie Sœur Modeste et revient en scène, au milieu.)

MADAME DE PRIE, à mademoiselle de Vermandois.

Vous voyez en moi, madame, une pauvre martyre du despotisme impitoyable du cardinal Fleury.

MADEMOISELLE DE VERMANDOIS.

Cet ennemi implacable de mon frère! Dites-moi quel mal il a pu vous faire.

MADAME DE PRIE.

Voici, madame. J'ai épousé, pour mon malheur, l'un de ses petits-neveux, monsieur de Saint-Révial, dont vous avez peut-être...

MADEMOISELLE DE VERMANDOIS.

Une ancienne famille de robe de la Bretagne.

MADAME DE PRIE.

Oui, madame.

MADEMOISELLE DE VERMANDOIS.

Poursuivez.

MADAME DE PRIE.

Léger autant qu'ingrat, monsieur de Saint-Révial... excusez, madame, cette émotion... monsieur de Saint-Révial bientôt me trompa. Je pardonnai...

MADEMOISELLE DE VERMANDOIS.

Vous fûtes bien inspirée ! Et sans doute votre indulgence ?...

MADAME DE PRIE.

Monsieur de Saint-Révial ne tarda pas à m'en faire repentir. Bientôt une nouvelle infidélité...

MADEMOISELLE DE VERMANDOIS.

Cette seconde faute après votre pardon...

MADAME DE PRIE.

D'autres fautes succédèrent. Enfin, l'inconduite de mon mari ne s'arrêtant jamais, elle est arrivée à ce point qu'il a osé... le croirez-vous, madame?... il a osé établir une étrangère dans ma maison, une femme qui, à son tour, a voulu me disputer audacieusement mes droits, être plus que moi chez moi, prendre ma place et mon autorité conjugales.

MADEMOISELLE DE VERMANDOIS.

Du calme !... et continuez, madame.

MADAME DE PRIE.

Alors, à bout de patience, je me suis adressée à l'oncle de monsieur de Saint-Révial, à mon protecteur naturel, au cardinal Fleury, afin d'obtenir une séparation. Savez-vous ce que m'a répondu le cardinal ?

(Marie, qui a pris un grand intérêt au récit de Mme de Prie, s'est levée et a fait un pas au-devant de la table.)

MADEMOISELLE DE VERMANDOIS.

Pardon, madame. Mais je remarque que notre jeune compagne prend un si vif intérêt à ce que vous dites, qu'elle oublie un peu la tâche qu'elle s'est imposée, et mes pauvres pourraient gravement en souffrir.

MARIE, à part, se remettant à sa place.

Cette dame vient de Versailles... elle connaît peut-être madame de Prie.

MADEMOISELLE DE VERMANDOIS, à madame de Prie.

Voulez-vous, madame, que, tout en nous occupant, vous, de me raconter vos touchantes infortunes, moi, en les écoutant, nous fassions l'une et l'autre comme sœur Marie?

MADAME DE PRIE.

Que voulez-vous dire ? Daignez m'expliquer...

MADEMOISELLE DE VERMANDOIS.

Eh bien ! que nous taillions comme elle ce bon pain de campagne. Le travail n'en ira que mieux.

MADAME DE PRIE.

C'est que je n'ai jamais... la cuisine et moi...

MADEMOISELLE DE VERMANDOIS.

Vous apprendrez ! vous apprendrez !

MADAME DE PRIE, passant au milieu.

Allons ! (Se ravisant, bas.) Mais cette jeune fille... son rang... le nôtre... nous asseoir près d'elle !... Ne croyez-vous pas ?...

MADEMOISELLE DE VERMANDOIS.

Oh ! soyez tranquille, madame ! c'est une cuisinière de bonne maison. Mettez-vous là... mettez-vous là !

MADAME DE PRIE, s'asseyant à table au milieu.

Je ne m'attendais pas, je l'avoue... (Elle coupe du pain.)

MADEMOISELLE DE VERMANDOIS, à madame de Prie.

Vous ne tenez pas bien votre couteau ; inclinez-en davantage la lame. Ah! très-bien! nous ferons quelque chose de vous. Maintenant reprenez, je vous prie. Que vous a répondu le cardinal Fleury, quand vous lui avez demandé avec tant de vives instances à être séparée de son neveu?

MADAME DE PRIE.

Il a refusé... ne voulant pas donner au monde, a-t-il dit, le spectacle déshonorant d'une séparation judiciaire dans sa famille. Vainement ai-je protesté, vainement ai-je supplié ! Désespérée alors, je suis venue me réfugier ici et me mettre sous votre puissante protection, persuadée, madame, que vous me conseillerez de persister dans ma résolution de me vouer pour toujours à la réclusion et au silence.

MADEMOISELLE DE VERMANDOIS.

Non ! je ne vous y engage pas !

MADAME DE PRIE.

Eh quoi!... mais alors ?...

MADEMOISELLE DE VERMANDOIS.

Vous vous devez à votre époux avant toute chose.

MADAME DE PRIE.

Que dites-vous? (A elle-même.) Écoutons !

MADEMOISELLE DE VERMANDOIS.

Si la résignation est une vertu, — et vous ne pouvez pas en douter, ma sœur, — il y a plus de mérite à supporter l'affront d'une rivale qu'à la fuir au fond d'un couvent. Souffrir en silence, là est le vrai mérite.

MADAME DE PRIE, à part.

Très-bien ! (Haut.) Quoi ! sérieusement vous me conseilleriez?...

MADEMOISELLE DE VERMANDOIS, se levant et prenant une corbeille remplie de morceaux de pain.

De ne donner aucun genre de scandale.

MADAME DE PRIE.

Mais ma dignité...

MADEMOISELLE DE VERMANDOIS.

Le devoir de la femme doit passer avant sa dignité.

MADAME DE PRIE, à part.

Oh! très-bien!

MADEMOISELLE DE VERMANDOIS.

Qui dit épouse, dit bonté, tolérance, soumission jusqu'à l'esclavage, résignation jusqu'au martyre.

MADAME DE PRIE, à part.

Admirable! voilà comme je la voulais. (Haut, et se levant.) Il faut donc que je laisse cette rivale, cette maîtresse gouverner, régner en souveraine chez moi?

MADEMOISELLE DE VERMANDOIS.

Oui, madame. Comme femme, je vous le conseille; comme chrétienne, je vous en supplie.

(Elle se dirige avec la corbeille vers la table de gauche.)

MADAME DE PRIE, à part.

Tu seras reine de France!

MADEMOISELLE DE VERMANDOIS.

Maintenant, mes sœurs, nous allons mettre un bon morceau de pain à la place de chacun de nos pauvres; puis, nous nous tiendrons prêtes à les recevoir. Vous apprendrez de moi à les servir.

SCÈNE VII.

MADEMOISELLE DE VERMANDOIS, SŒUR MODESTE, MADAME DE PRIE, MARIE.

SŒUR MODESTE, à mademoiselle de Vermandois.

Grande nouvelle! Il arrive à l'instant même au couvent une personne illustre qui demande à vous être présentée sans retard.

MADEMOISELLE DE VERMANDOIS.

A-t-elle dit son nom, son rang?...

SŒUR MODESTE.

L'infante d'Espagne!

MADEMOISELLE DE VERMANDOIS.

La fille de Philippe V!

MADAME DE PRIE, à elle-même.

Elle me poursuivra donc toujours partout!... Ah! elle regagne Madrid, où c'est moi-même qui l'envoie. Mais comment n'est-elle pas déjà plus loin?

MADEMOISELLE DE VERMANDOIS.

C'est une auguste parente. Je cours au-devant d'elle, et savoir ce qui me vaut l'honneur d'une telle visite. (A Marie et à madame de Prie.) Mes chères sœurs, tenez-vous mutuellement compagnie, en attendant mon retour. Je vais saluer Son Altesse l'infante d'Espagne!

(Elle sort, suivie de Sœur Modeste.)

SCÈNE VIII.

MARIE, MADAME DE PRIE.

MADAME DE PRIE, à part, en regardant sortir mademoiselle de Vermandois.

Belle, soumise, résignée, accomplie! Voilà bien l'épouse qu'il faut pour le roi Louis XV... et pour nous : elle est trouvée!... Mais cette lettre du duc, cette lettre qui n'arrive pas!

MARIE, qui a passé à gauche, au fond, à part et regardant madame de Prie.

Si j'osais!... (Haut, s'avançant.) Pardon, madame!... mon indiscrétion est bien grande; mais vous semblez si bonne!... j'ai une question...

MADAME DE PRIE.

Parlez! je serais bien heureuse de pouvoir y répondre.

MARIE.

Vous venez de parler du cardinal Fleury, que vous connaissez... Vous arrivez peut-être de Versailles?

MADAME DE PRIE.

Oui, ma sœur, j'en arrive.

MARIE.

Vous connaissez la cour... les ministres... les dames du règne brillant de Louis XV?...

MADAME DE PRIE.

Oh! bien peu... bien peu! Mais enfin, dites... que voudriez-vous savoir?... Peut-être...

MARIE.

Puisque vous m'encouragez à parler... auriez-vous connu à Versailles une femme... une femme dont la renommée de beauté et d'esprit est répandue dans toute l'Europe : madame de Prie?

MADAME DE PRIE.

Ah! qui ne connaît pas madame de Prie!

MARIE.

L'auriez-vous vue?

MADAME DE PRIE.

Rarement... oh! bien rarement.

4

MÁRIE.

Assez cependant pour me dire si elle est aussi belle qu'on le prétend ?

MADAME DE PRIE.

Mon Dieu ! mon opinion personnelle sur sa beauté...

MARIE.

Ne serait-elle pas aussi favorable que celle de tout le monde ?

MADAME DE PRIE, à part.

Ces questions... Je saurai pourquoi. (Haut.) Mon Dieu ! chère sœur, vous savez qu'il n'y a qu'une seule femme qui n'ait pas été jalouse de la beauté d'une autre femme : c'est notre mère Éve ! Elle était seule.

MARIE.

Je vous en prie, chère sœur, votre opinion bien franche sur madame de Prie.

MADAME DE PRIE.

Soit ! — Ses cheveux sont beaux... mais on pourrait trouver mieux sans aller bien loin... Les vôtres, par exemple !

MARIE.

Je vous en prie, madame !... Ses yeux ont, dit-on, l'éclat et le feu du diamant, une expression... irrésistible. Est-ce vrai ?

MADAME DE PRIE.

Oui, c'est vrai ; mais je préfère les vôtres.

MARIE.

Je ne vous interrogerai plus sur sa beauté si cela ne doit servir qu'à m'attirer des compliments de votre part. Parlez-moi alors de son esprit.

MADAME DE PRIE.

Ah !

MARIE.

On assure que celui de Voltaire seul peut lui être comparé.

MADAME DE PRIE.

Est-ce pour l'imagination, pour la grâce ?

MARIE.

Pour la méchanceté

MADAME DE PRIE.

Oh ! alors, elle a plus d'esprit que Voltaire.

MARIE.

On ne m'a pas trompée ; car on m'a dit...

MADAME DE PRIE.

Vous hésitez ?... Je devine !... l'endroit où nous sommes... Eh bien, madame, supposons-nous encore, par pénitence, au milieu de ce monde avec lequel vous et moi nous avons rompu. Que vous a-t-on dit encore de madame de Prie?

MARIE.

Que son plus grand bonheur est dans une coquetterie effrénée qui lui fait désirer d'enlever aux jeunes femmes le cœur de ceux qui les aiment.

MADAME DE PRIE, à part.

Comme elle est émue! Lui aurais-je, par hasard, volé quelque chose? Tâchons de savoir... (Haut.) Mon Dieu! chère dame, les adorateurs de madame de Prie sont si connus, que si elle vous a enlevé...

MARIE, timidement.

Madame!...

MADAME DE PRIE.

Oh! cela a fort bien pu lui arriver. (A part.) Il y a quelque chose. (Haut.) Je disais donc que si elle vous a méchamment dérobé le cœur de celui que vous aimez, rien n'est plus facile à savoir.

MARIE, avec une timidité mêlée de curiosité.

Encore une fois, madame...

MADAME DE PRIE.

Je n'ai qu'à me faire ici l'écho des noms fort connus de ses courtisans... noms que j'ai entendus...

MARIE, vivement.

Ah! vous avez entendu des noms?...

MADAME DE PRIE.

Oh! bien malgré moi! En vous les répétant, je ne me croirai pas plus coupable qu'un écho. L'écho va donc vous nommer presque tous les soupirants que la renommée prête à madame de Prie.

MARIE, effrayée, passant à droite.

Tous!

MADAME DE PRIE.

J'ai dit presque tous: je ne voudrais pas m'exposer à mentir... ici! Si vous voyez passer le nom de votre affection, celui enfin que vous craignez tant de voir passer...

MARIE, s'asseyant à droite..

Une dernière fois, madame...

MADAME DE PRIE.

Vous m'arrêterez. Premier soupirant de madame de Prie: le prince de Limbourg... (A part, après avoir regardé Marie.) Ce n'est pas cela. (Haut.) Second soupirant: le maréchal de Boursault. (A part, même jeu.) Ce n'est pas cela; descendons. (Haut.) Le colonel de

Charencey... (A part, même jeu.) Ce n'est pas cela ; descendons toujours. (Haut.) Le capitaine...

MARIE, vivement et se levant.

Le capitaine?...

MADAME DE PRIE.

Quoi?

MARIE.

Rien... je n'écoutais pas.

MADAME DE PRIE, à part.

C'est un capitaine... mais il y a tant de capitaines dans l'ar-
mée!... (Haut.) Le capitaine Albert de Montval, dans les mousquetaires de Monsieur.

MARIE, avec une joie qui lui échappe.

Ah!

MADAME DE PRIE.

Il paraît qu'il ne sert pas dans les mousquetaires.

MARIE.

Je n'ai pas dit... Vous supposez à tort, d'ailleurs... (On entend
une cloche.) Mais on vient de sonner... (Passant à gauche.) C'est peut-
être moi qu'on appelle... la supérieure... Vous m'excuserez...
si je vous quitte.

SCÈNE IX.

MARIE, SŒUR NOUVELLE, MADAME DE PRIE.

SŒUR NOUVELLE, deux lettres à la main.

Ordinaire de Versailles. Une lettre pour sœur Marie... Une
lettre pour sœur Clémence.

MARIE, à part.

De monsieur Le Tellier!... Je vais connaître mon sort.
(Elle sort avec la lettre; Sœur Nouvelle sort aussi.)

SCÈNE X.

MADAME DE PRIE, seule, regardant la suscription du pli qu'elle vient
de recevoir.

Du duc de Bourbon!... La lettre que j'attendais. (En décachetant
la lettre.) Cette pauvre enfant! elle m'a beaucoup intéressée! Espérons que je ne lui aurai pas enlevé son joli capitaine. Si je le
savais!... je lui rendrais un colonel. (Elle lit la lettre.) « Chère mar-
» quise, ainsi que nous devions nous y attendre, l'ambassadeur
» d'Espagne est furieux du départ de l'infante. Il n'a plus re-
» paru à la cour. Lui et le cardinal ont souvent des conférences
» mystérieuses. Qu'y font-ils? Ce n'est à coup sûr ni votre éloge
» ni le mien. Tenez, marquise, marions vite notre jeune prince,

» ou notre règne ne sera pas long. Déjà je lui ai parlé plusieurs
» fois en secret de ma sœur. Cette alliance lui a grandement
» souri; mais ce qui l'a touché plus que toutes mes paroles,
» c'est un beau portrait de mademoiselle de Vermandois, fait
» par Latour. Il en a paru ravi, enthousiasmé! Louis XV brûle
» d'impatience de voir ma sœur. Je regarde donc ce mariage
» comme fait, si de votre côté vous avez reconnu que le carac-
» tère de mademoiselle de Vermandois répond à nos espéran-
» ces... » — Oh! oui, il y répond... (Lisant.) « S'il en était ainsi,
» concluez sur-le-champ; faites-lui remettre immédiatement
» la lettre renfermée dans la vôtre. » Voici cette lettre; elle va
» lui être remise. (Elle glisse cette seconde lettre dans une de ses poches.—
Lisant.) « Puis, ne perdez pas un instant! Deux mots au bas de
» celle que vous tenez pour me dire que cette grande affaire est
» irrévocablement terminée, et renvoyez-la-moi par le même
» courrier. Voilà bien, je crois, tout ce dont nous étions conve-
» nus. » Parfaitement, cher duc. (Lisant.) « Vous me direz au re-
» tour la surprise à coup sûr extraordinaire de mademoiselle de
» Vermandois. En voici une que je vous destine, à vous, ma-
» dame la marquise. » — A moi?—« C'est une surprise comme
» une autre. » — Que veut-il dire?... Lisons. « La personne
» que vous attendiez à Fontevraut... » — Moi, j'attendais quel-
qu'un à Fontevraut?... Voyons. « Ce beau dragon aux yeux
» bleus a été dans l'impossibilité absolue de s'y rendre, par la
» raison non moins absolue que je l'ai fait mettre à la Bastille. »
— A la Bastille! O prince extravagant! duc insensé!... vous
faites enfermer à la Bastille le seul homme qui ne m'ait pas
aimée, et vous laissez libre!... Pauvre jeune homme, à la Bastille!...Heureusement que j'en ai la clef, moi aussi!... Mais voici
mademoiselle de Vermandois... Ah! si elle pouvait soupçonner
la destinée inouïe, miraculeuse, cachée pour elle dans les plis
de cette lettre!...Envoyons vite au duc la certitude de notre
victoire.

(Elle monte l'escalier; arrivée au sommet, elle sort par la porte de droite.)

SCÈNE XI.

MADEMOISELLE DE VERMANDOIS, seule, la colère à la bouche.

Que se passe-t-il donc à la cour de Versailles? Qui donc gouverne? Une infante d'Espagne chassée!... Oh! tout mon cœur
indigné se révolte!... La fille d'un roi! elle qu'on avait fait venir en France exprès pour épouser Louis XV... L'histoire ne le
croira pas... On la renvoie au milieu de l'hiver, d'un hiver ri-
goureux, qui l'a retenue huit jours malade à Orléans; on la re-
conduit, à peine escortée, à Madrid chez elle. On la chasse!...
Une descendante de Louis XIV... de Louis XIV!... expulsée par
je ne sais qui du palais du petit-fils de Louis XIV!... Mais cela

4.

ne sera pas... non!... C'est moi qui le dis ! Et puisqu'elle a daigné s'éloigner de sa route pour venir me confier son affront et ses plaintes, je les porterai aux pieds de mon cousin le roi de France ! Je lui dirai qu'il ne faut pas qu'une fille de notre condition suprême, de notre sang royal, reçoive, aux yeux de l'Europe, un pareil outrage; car c'est nous qui le subirions. Qui frappe une couronne, les blesse toutes. L'infante n'ira pas plus loin; je la retiens près de moi; et c'est moi-même qui la ramènerai triomphante à Versailles. Une fois à Versailles... elle épousera le roi de France!...

SCÈNE XII.

MADAME DE PRIE, MADEMOISELLE DE VERMANDOIS, SŒUR MODESTE.

SŒUR MODESTE, qui a descendu l'escalier, remettant une lettre à mademoiselle de Vermandois.

Pour vous, madame. (Elle remonte au fond.)

MADAME DE PRIE, qui entre par le fond, à part.

Le courrier est parti. (Apercevant mademoiselle de Vermandois qui lit sa lettre.) Ah !

MADEMOISELLE DE VERMANDOIS, après la lecture de sa lettre.

Qu'ai-je lu ?

MADAME DE PRIE, à part.

Elle a lu !

MADEMOISELLE DE VERMANDOIS.

Moi!... Non, ce n'est pas possible !... Quel rêve !... quel changement de destinée!... Est ce bien moi qu'on vient chercher ainsi au fond d'un couvent pour faire asseoir sur le premier trône du monde? Passer en un jour, en un instant, de l'humilité du cloître au pouvoir suprême ! Il n'y a que le ciel qui puisse vouloir un tel miracle... C'est donc le ciel qui le veut. (A sœur Modeste avec autorité, dignité et transformation complète dans la voix et le regard.) Une voiture à mes armes !... Qu'on ouvre la grande grille !... (Sœur Modeste sort. A madame de Prie.) Madame de Saint-Révial, pour vous mon premier acte de justice !

MADAME DE PRIE.

Que voulez-vous dire?

MADEMOISELLE DE VERMANDOIS.

Vous ne voulez plus vivre, m'avez-vous dit tantôt, sous le joug odieux de votre mari. Oh ! oui, je comprends maintenant que vous teniez à être maîtresse chez vous. C'est un droit, un droit inviolable.

MADAME DE PRIE, à part.

Quel changement subit dans sa voix, dans ses pensées'... C'est à ne pas y croire.

MADEMOISELLE DE VERMANDOIS.

Je prononce votre séparation.

MADAME DE PRIE.

Vous, madame !

MADEMOISELLE DE VERMANDOIS.

En attendant de faire casser votre mariage.

MADAME DE PRIE.

Mais, madame, si je ne me trompe, le roi seul peut...

MADEMOISELLE DE VERMANDOIS.

La reine vaut bien le roi, il me semble, dans une question pareille.

MADAME DE PRIE.

Sans doute ; mais la reine...

MADEMOISELLE DE VERMANDOIS.

La reine, c'est moi !

MADAME DE PRIE.

Vous, madame ?

MADEMOISELLE DE VERMANDOIS.

Je vais l'être.

MADAME DE PRIE.

L'étonnement se confond avec la reconnaissance dans mon cœur. Quoi !...

MADEMOISELLE DE VERMANDOIS.

Non, madame, non, vous ne devez pas souffrir qu'à vos côtés, chez vous, une autre femme gouverne votre maison, qu'une maîtresse insolente touche témérairement pour la souiller à votre autorité légitime et sacrée !

MADAME DE PRIE, à part.

Ah ! ce despotisme effréné qui se révèle par un coup de foudre !... (Haut.) Encore une fois, madame...

MADEMOISELLE DE VERMANDOIS.

Et ce que je fais pour vous, je le ferai bientôt pour moi-même. Epouse du roi Louis XV, en mettant la main sur le sceptre !... Tenez, madame, il y a à Versailles une femme dont la beauté trouble tout un règne, dont l'esprit est un incendie qui éblouit et qui dévore, dont le crédit usurpé est plus grand que celui des ministres et du roi lui-même... Mon premier soin, mon premier devoir de reine, sera de renvoyer ignominieusement de la cour, d'expulser de Versailles, de bannir de la monarchie entière cette femme éhontée, cette Dalila qui a obscurci les yeux de tous ses lâches amants, à commencer par Son Altesse mon frère... Oui, je chasserai cette grande immoralité renouvelée des temps de Ninive et de Babylone... Madame de Prie !

MADAME DE PRIE, à part.

Tu ne régneras pas !

SŒUR NOUVELLE.

La voiture de Son Altesse.

MADEMOISELLE DE VERMANDOIS.

Maintenant je cours à Versailles.

SCÈNE XIII.

MADAME DE PRIE, MARIE, MADEMOISELLE DE VERMANDOIS, TOUTES LES SŒURS, rangées au fond.

MARIE, accourant en larmes.

Que m'apprend-on, madame, que vous quittez le couvent ?...
Vous le quittez au moment où je vais prendre le voile et me
lier par des vœux éternels.

MADEMOISELLE DE VERMANDOIS.

Vous, des vœux éternels ! Mais pourquoi cela ? Vous attendiez
qu'une lettre...

MARIE.

Je l'ai reçue.

MADAME DE PRIE, à part, consternée et réfléchie.

Mais que faire ?

MADEMOISELLE DE VERMANDOIS.

Eh bien ! cette lettre ?

MARIE.

Plus d'espoir, madame, plus d'avenir pour moi !

MADEMOISELLE DE VERMANDOIS.

Votre mariage ?

MADAME DE PRIE, à part.

Quelle idée ! monsieur de Saint-Lacerne est encore ici !

MARIE.

Je vous avais dit, madame, que si des obstacles venaient
à le rendre impossible, je ne sortirais plus de ce couvent... j'y
reste.

MADEMOISELLE DE VERMANDOIS.

Qu'arrive-t-il donc ?

MARIE.

Celui que je devais épouser a été arrêté ; il est prisonnier
d'Etat.

MADEMOISELLE DE VERMANDOIS.

Et pour quel crime votre fiancé ?...

MARIE.

Il peut à peine, me dit-il, me faire parvenir quelques mots : il me parle d'arrestation imprévue, subite...

MADEMOISELLE DE VERMANDOIS.

Et il n'ajoute rien dans sa lettre ?

MARIE, pleurant.

Pardon, madame ! Beaucoup de larmes, qu'il m'aimera toujours.

MADEMOISELLE DE VERMANDOIS.

Venez, chère sœur Marie, séchez vos pleurs ; je puis beaucoup pour vous... venez !

MARIE.

Où me conduisez-vous ?

MADEMOISELLE DE VERMANDOIS.

A la cour de Versailles ! Je vous présenterai au roi.

MARIE.

Moi ?

MADAME DE PRIE, à part.

Pas un instant à perdre !

MADEMOISELLE DE VERMANDOIS.

Nous vous rendrons votre fiancé ; oui, je vous réunirai à lui : j'en ai le pouvoir, j'en ai le désir, j'en ai le droit. Venez, vous dis-je, à Versailles ! à Versailles !

(Elles sortent vivement.)

SCÈNE XIV.

MADAME DE PRIE, seule.

J'y serai avant vous, mademoiselle de Vermandois. Ah ! vous voulez me chasser ! Eh bien, moi aussi je veux vous chasser. Reste à savoir qui de nous deux chassera l'autre. Je parie pour moi. A Versailles, moi aussi, à Versailles ! (Elle sort.)

ACTE QUATRIÈME

Même décor qu'au deuxième acte.

SCÈNE PREMIÈRE.

LE CHEVALIER EUSTACHE, LE DUC, assis à droite.

LE CHEVALIER, debout, à part.

Voilà bientôt une heure qu'il m'a reçu, et voilà plus d'une heure que je ne puis attirer son attention... Essayons encore. (Il fait force salutations au Duc, qui ne le voit pas.) Monsieur le duc, si vous étiez assez bon... Mon cousin... c'est moi, le chevalier Eustache, qui désirerait...

LE DUC, à lui-même, et tenant une lettre.

Le départ de madame de Prie a dû suivre de près sa lettre, que je reçois à l'instant; cette lettre où elle m'annonce le succès de son ambassade. Donc, mademoiselle de Vermandois et la marquise peuvent arriver d'un instant à l'autre. (Le Chevalier l'accable de salutations.) Ah! oui, vous étiez là... Vous n'avez plus rien à me dire?

LE CHEVALIER.

Mais je ne vous ai encore rien dit.

LE DUC.

Parlez, puisque le roi m'a dit de vous écouter. Je vous écoute, de par le roi!

LE CHEVALIER.

Le mois dernier, vous savez, monsieur le duc, quand vous avez bien voulu, malheureusement, ne pas me casser votre canne sur le dos?

LE DUC.

Très-bien!

LE CHEVALIER.

J'allai en courant vers l'Orangerie...

LE DUC.

Cela a-t-il quelque rapport avec ce que vous avez à me dire?

LE CHEVALIER.

Non, monseigneur... Ah! si!... Le roi, mon frère, entraînait gaiement Colette sous un berceau d'orangers... J'arrive... j'ar-

rive à temps ; j'entraîne en riant le roi de mon côté ; il aban-
donne Colette, Colette tombe... Nous tombons tous les trois en
riant. Mon frère me bouda bien un peu, mais nous finîmes par nous
raccommoder, et il ne me quitta pas sans me dire qu'il vous
gronderait pour ne m'avoir pas donné le bénéfice qu'il m'avait
promis et auquel j'ai tant de droits.

LE DUC.

Je vous l'ai déjà dit, ce bénéfice a été donné à monsieur Le-
tellier.

LE CHEVALIER.

Il ne s'agit plus de celui-là !...

LE DUC.

Ah !...

LE CHEVALIER.

Écoutez... La nuit dernière, à minuit, tandis que je rêvais que
le roi, mettant le comble à ses bontés pour moi, me donnait un
magnifique habit rouge, — j'aime tant le rouge ! — j'entends
dans les corridors des appartements où je suis logé, un bruit...

LE DUC, se levant.

Pardon, monsieur le chevalier. Cela a-t-il quelque rapport
avec ce que vous avez à me dire ?

LE CHEVALIER.

Non, monseigneur.

LE DUC.

Mais alors... (A part.) Être obligé... mais le roi...

LE CHEVALIER.

Ah ! si... Je me lève à ce bruit... un homme errait dans les
corridors... Que faisait là cet homme ?... Une jeune fille se présente, une lampe à la main... le fantôme va vers elle, la pour-
suit à grands pas... Tout à coup un autre homme apparaît derrière le premier... il élève la voix... Le fantôme épouvanté saisit
la première arme qui lui tombe sous la main pour frapper celui
qui a crié ; celui-là reçoit à l'instant même un coup de pied
dans... la poche de son habit... il ne dit plus rien. La jeune fille,
c'était Colette ; le donneur de coups de pied, c'était le roi...

LE DUC.

Le roi !

LE CHEVALIER.

La poche de l'habit, c'était moi !

LE DUC, à part.

Le roi, la nuit... Diable, cela devient sérieux !... il est temps
que la marquise arrive, ou bien le roi... (Il se rassied.)

LE CHEVALIER.

Oui, c'était le roi, monsieur le duc ; mais le lendemain il m'a

fait appeler et m'a dit : « Mon frère, que tout soit oublié, j'ai été
» trop vif... je te dois un dédommagement. Le duc de Bourbon,
» que je vais mander, te donnera cette fois, non pas un simple
» bénéfice comme celui qu'il n'a pas voulu te donner, mais les
» revenus d'une principauté. »

LE DUC, à part.

Deux fous : l'un amoureux, l'autre stupide !... Cette lettre de
madame de Prie est bien rassurante... éloge complet de ma
sœur : belle, douce, résignée, accomplie ! c'est la reine qu'il
nous faut ; mais qu'elle vienne donc !

LE CHEVALIER.

Ça fait que je serai prince comme vous, mon cousin. Ah ! vous
vous occupez de me chercher une principauté ?

LE DUC.

Oui, oui... j'ai beau chercher... Ah ! si, j'en vois une ; mais...

LE CHEVALIER.

Mais...

LE DUC.

Elle est un peu loin, et vous serez forcé d'y résider.

LE CHEVALIER.

Qu'importe ? Où est située cette principauté ?

LE DUC.

A Gondar.

LE CHEVALIER.

A Gondar ?

LE DUC.

En Éthiopie, près des sources du Nil.

LE CHEVALIER.

Oh ! merci !... en Éthiopie !... Est-ce plus loin qu'Isigny ?

LE DUC.

C'est sur la route... un peu vers la droite.

LE CHEVALIER.

Oh ! encore une fois, merci, monseigneur ! Mille fois merci,
mon cousin !... Eustache, prince de Gondar, en Éthiopie...
(Il sort par la droite.)

UN VALET, annonçant par le fond.

Son Altesse Royale madame la princesse de Vermandois.

SCÈNE II.

LE DUC, MADEMOISELLE DE VERMANDOIS.

LE DUC.

Enfin !... (Allant au-devant d'elle et la conduisant à gauche.) Ma sœur !...

MADEMOISELLE DE VERMANDOIS.

J'accours, mon frère, au miracle que votre lettre m'a annoncé
à Fontevraut. (Elle s'assied.)

LE DUC, debout.

Je vous remercie de cet empressement. Je sais, ma sœur,
combien il a dû en coûter à la simplicité de vos habitudes : quitter le cloître pour venir ceindre la couronne!... Aussi ai-je
beaucoup compté sur votre affection pour moi, en demandant
ce grand sacrifice à vos goûts modestes, studieux.

MADEMOISELLE DE VERMANDOIS.

Tous les goûts disparaissent devant la haute mission de gouverner une nation comme la France.

LE DUC.

Gouverner?

MADEMOISELLE DE VERMANDOIS.

Gouverner. Depuis le cardinal de Richelieu, la forte épée
de la noblesse a été brisée, et sa large et puissante lame était
seule capable d'arrêter l'insolence des ennemis du trône et les
nôtres.

LE DUC, à part.

Quel langage!... J'étais loin de m'attendre... (Haut.) Ma sœur,
vous rappelez là des temps et des choses dont la vigueur épuisée
ne saurait renaître.

MADEMOISELLE DE VERMANDOIS.

Elle peut renaître sous une volonté inflexible, indomptable...
semez du fer, il naîtra des épées.

LE DUC, à part.

Mais qu'entends-je!... Et la marquise qui m'écrit... (Haut.)
L'esprit humain a marché, il faut le suivre.

MADEMOISELLE DE VERMANDOIS.

Il faut l'arrêter!

LE DUC.

Des mœurs plus douces veulent une autorité plus tolérante.

MADEMOISELLE DE VERMANDOIS.

Oui, plus tolérante, et vous aurez, après le règne fastueux
mais tourmenté de Louis XIV, l'interrègne efféminé, impie,
abominable du régent... l'interrègne qui vient de finir. Après
les poëtes, les femmes ; après les femmes, les courtisanes.
Qu'aurons-nous sous Louis XV, successeur du régent?

LE DUC.

Mademoiselle de Vermandois oublie que je suis le premier
ministre de Louis XV, successeur du régent.

5

MADEMOISELLE DE VERMANDOIS.

Vous vous trompez, mon frère, vous n'en êtes que le second : le premier ministre, c'est...

LE DUC, avec violence.

Ma sœur! (Le panneau de gauche s'ouvre, le Duc aperçoit madame de Prie qui met son doigt sur sa bouche comme pour engager le Duc à ne rien dire. Le Duc fait un signe de surprise suivi d'un signe d'assentiment.) Après tout, ma sœur, est-ce bien le moment de s'occuper de ces graves questions de politique?

MADEMOISELLE DE VERMANDOIS, se levant et passant à droite

Vous avez raison, d'autres soins me réclament. Ne pouvant douter de mon empressement à me rendre à ses désirs, et prévenu par vous de mon arrivée à Versailles, le jeune roi doit m'attendre.

LE DUC.

Certainement, ma sœur, et avec une impatience! (A part.) Qu'avons-nous fait?

MADEMOISELLE DE VERMANDOIS.

Impatience bien flatteuse pour moi, bien dangereuse peut-être!... un roi a le droit d'être difficile.

LE DUC.

Après vous avoir vue, ma sœur.

MADEMOISELLE DE VERMANDOIS.

Je me rends de ce pas auprès de Sa Majesté.

LE DUC.

Madame la duchesse de Villars aura l'honneur, — c'est sa charge à la cour, — de vous présenter au roi. A son tour, puisse-t-il vous plaire! car vous avez aussi le droit...

MADEMOISELLE DE VERMANDOIS.

Que les flatteurs et les corrupteurs qui l'entourent fassent plutôt des vœux pour que ce soit moi qui ne lui plaise pas. A bientôt, monsieur mon frère, à bientôt.

LE DUC.

A bientôt, ma sœur! (Mademoiselle de Vermandois sort par le fond.)

SCÈNE III.

MADAME DE PRIE, LE DUC.

LE DUC, à madame de Prie qui entre par la gauche.

Vous avez entendu?

MADAME DE PRIE.

J'ai entendu.

LE DUC.

Ah! vous avez fait là une belle équipée! Aller chercher exprès à Fontevrault une tête de bronze comme celle-là!... notre plus redoutable ennemie.

MADAME DE PRIE.

Je me suis laissé prendre à sa piété, à sa modestie; et quand je me suis ravisée, il était trop tard.

LE DUC.

Enfin, mademoiselle de Vermandois a joué madame de Prie.

MADAME DE PRIE.

Elle nous a joués tous les deux!... trêve aux reproches.

LE DUC.

Et comment sortir de là maintenant? Le Roi va voir ma sœur.

MADAME DE PRIE.

Ensuite?

LE DUC.

Ma sœur est jeune, magnifiquement belle, séduisante...

MADAME DE PRIE.

Ensuite?

LE DUC.

Ensuite, ensuite!... Eh bien! comment ne pas supposer qu'elle va s'emparer d'autorité, par la puissance de sa jeunesse et de ses charmes, du cœur, de la raison, de la volonté d'un jeune prince passionné? Elle sortira reine de France de cette entrevue où se sera déclarée, avec sa royauté, notre double déchéance. Ah! c'est profondément habile de notre part! d'autant plus habile, voyez! que vous m'avez fait exiler, chasser brutalement, renvoyer en Espagne... Je vous ai écrit la colère de l'ambassadeur... Oui, chasser le seul parti... parti désespéré, j'en conviens, mais enfin le seul auquel nous pouvions nous accrocher dans le naufrage: cette jeune infante. Oh! si l'infante était encore ici!... si l'infante était à Versailles, peut-être que le roi... Je conviens qu'elle est très-noire.

MADAME DE PRIE.

Une brune piquante.

LE DUC.

Sans doute, on peut dire qu'elle est contrefaite.

MADAME DE PRIE.

Non, on ne peut pas absolument le dire... c'est une taille... à elle... voilà!

LE DUC.

Je sais encore qu'elle est louche.

MADAME DE PRIE.

Beaucoup moins qu'on ne pense. Certainement elle a une manière indirecte de regarder, mais...

LE DUC.

Avouez donc que si elle était ici...

MADAME DE PRIE.

Elle est ici.

LE DUC, dans le plus grand étonnement.

C'est impossible!

MADAME DE PRIE.

Elle est ici, vous dis-je, je l'ai ramenée. L'ambassadeur d'Espagne est prévenu de son retour; elle est chez moi.

LE DUC.

Ah! marquise!... marquise!... On ne pare pas mieux un coup mortel.

MADAME DE PRIE.

Celui-là n'est pas complétement paré. Le cardinal Fleury ne sait pas encore que la fille de Philippe V est revenue, mais il sait très-bien que c'est par votre ordre qu'elle a été éloignée de Versailles. Vous pouvez compter sur votre chute le jour où le roi épousera l'infante, si nous pouvons encore la lui faire épouser.

LE DUC.

Et vous, sur la vôtre, marquise. Je vous entraîne, nous tombons tous les deux.

MADAME DE PRIE.

Il faut que l'un de nous sauve l'autre: c'est moi qui vous sauverai.

LE DUC.

Vous!.. et comment?

MADAME DE PRIE.

Voulez-vous me laisser vous compromettre?

LE DUC.

Vous ne faites que cela depuis que je suis premier ministre.

MADAME DE PRIE.

Répondez, voulez-vous que je vous trahisse?

LE DUC.

C'est déjà fait aussi. Voyons, compromettez-moi, trahissez-moi... mais agissons!

MADAME DE PRIE.

Écoutez; c'est vous qui avez signé de votre main le renvoi de l'infante?

LE DUC.

Ce n'est que trop moi! Ensuite?

MADAME DE PRIE.

Mais, moi, qu'ai-je fait en tout ceci?... moi, opposée à cette mesure impolitique, inhumaine, cruelle, dès que j'ai su l'enlèvement de l'infante, je me suis mise à sa poursuite et je l'ai ramenée triomphalement à Versailles. Le cardinal, chez lequel je cours en vous quittant, ne peut manquer de me croire, puisque je renverse votre sœur en mariant l'infante à Louis XV. Et celle qui aura donné une reine à la France sera bien assez puissante, croyez-moi, pour lui rendre son premier ministre.

LE DUC.

Beau projet! très-beau! sans défauts... un seul... impossible!

MADAME DE PRIE.

Comment, impossible?

LE DUC.

Mais, je vous le répète pour la millième fois, ma sœur est avec le roi en ce moment! si elle lui plaît,—et elle lui plaira!... —il ne voudra pas plus de l'infante aujourd'hui que nous n'en voulions nous-mêmes il y a un mois; et s'il épouse ma sœur, que devient votre projet?

MADAME DE PRIE.

Votre sœur n'est pas avec le roi.

LE DUC, ébloui de surprise.

Que dites-vous?

MADAME DE PRIE.

Dès mon arrivée ici, j'ai fait partir Louis XV pour une grande chasse à courre dans la forêt de Rambouillet. Donc, votre sœur ne le verra pas; et nous aurons le temps d'obtenir du cardinal Fleury, qui ne demandera pas mieux, un ordre qui renvoie immédiatement la fière chanoinesse au fond de son couvent de Fontevrault.

LE DUC.

Ah! marquise, vous êtes un ange... non, un démon.

MADAME DE PRIE.

J'aime mieux cela... c'est moins commun.

LE VALET, remettant une lettre au Duc.

De Son Excellence l'ambassadeur d'Espagne. (Il sort.)

MADAME DE PRIE.

De l'ambassadeur d'Espagne?

LE DUC, lisant.

« Monseigneur, le sentiment de convenance qui vient de faire » ramener à Versailles la jeune infante n'efface pas l'outrage » commis envers la nation que je représente. Mes devoirs sont » tracés : j'ai d'abord l'honneur de vous prévenir du prochain

» mariage de cette même infante, que votre cour a dédaignée,
» avec Joseph Ier, roi de Portugal. » Son mariage !

MADAME DE PRIE, glacée d'étonnement.

Elle aussi nous échappe !

LE DUC, lisant.

« Comme c'est moi, monsieur le Duc, qui ramène l'in-
» fante à Madrid, je vous prie de faire préparer immédiatement
» mes papiers... » Ses papiers ! mais c'est une rupture avec
l'Espagne.

MADAME DE PRIE, désespérée.

Allons, mademoiselle de Vermandois triomphe.

LE DUC, accablé, s'asseyant à droite.

Oui, elle triomphe ! car quelle autre femme donner maintenant à Louis XV ? il était écrit là-haut que nous devions périr
étranglés par ce mariage que nous avons noué nous-mêmes.

MADAME DE PRIE, s'asseyant à gauche.

Ah ! comme nous le disions il y a un mois, si notre jeune
prince, l'esprit et le cœur occupés de quelque caprice romanesque et charmant comme son âge, eût pu rester insensible à
la beauté de mademoiselle de Vermandois, s'il eût repoussé de
lui-même ce funeste mariage...

LE DUC.

Mariage qui nous tue !... (se levant.) Tenez, marquise... oui...
oui ! vous avez raison... je crois qu'en ce moment de défaite et
de désespoir, plutôt que d'unir le roi à ma sœur, plutôt que
de donner une pareille reine à la France , je glisserais sur
quelque innocente fantaisie de notre jeune roi... je fermerais
les yeux.

SCÈNE IV.

LE DUC, MADAME DE PRIE, LE CHEVALIER EUSTACHE.

MADAME DE PRIE, se levant.

Eh bien ! fermez-les.

LE CHEVALIER, effaré, entrant par la droite.

Justice, monseigneur... justice !

MADAME DE PRIE, allant au Chevalier.

Chevalier, ce trouble...

LE CHEVALIER.

Ah ! madame la marquise !... ah ! monsieur le Duc !...

LE DUC.

Qu'arrive-t-il ?

LE CHEVALIER.

Colette... ma jolie fiancée...

MADAME DE PRIE.

Eh, bien?

LE CHEVALIER.

Elle n'est plus au château.

MADAME DE PRIE.

Ah! mon Dieu!

LE CHEVALIER.

On l'a vue, il y a une heure, monter dans un carrosse du roi qui a pris la route de Rambouillet.

LE DUC, regardant finement madame de Prie.

Ah!

LE CHEVALIER, pleurant.

Un carrosse du roi!

MADAME DE PRIE.

Calmez-vous, chevalier, calmez-vous!

LE CHEVALIER.

Voilà donc comment on me traite! et moi qui croyais, en venant ici, être comblé de bienfaits et d'honneurs!

MADAME DE PRIE, ironiquement.

N'avez-vous pas déjà fait quelque chose pour notre excellent chevalier, monsieur le duc?

LE DUC, assis à gauche.

Je lui ai donné tantôt une principauté.

LE CHEVALIER.

Oui, Gondar!... J'ai voulu connaître ce qu'était ma principauté de Gondar, puisque monsieur le duc m'a dit que j'étais forcé d'y résider. Je viens d'ouvrir un dictionnaire géographique, et j'y ai lu : « Gondar, situé en Ethiopie, est une contrée aride, ha- » bitée par des peuplades féroces; elle produit des léopards, » des tigres en quantité et quarante-huit degrés de chaleur à » l'ombre. » Voilà mes revenus de prince... Je n'en veux plus; qu'on me rende Colette... c'est tout ce que je veux... et aussitôt je pars.

MADAME DE PRIE.

Nous quitter, chevalier? ah!...

LE CHEVALIER.

Et j'emmène Colette en Normandie, séjour de franchise et de loyauté.

MADAME DE PRIE.

Ah! chevalier, le roi serait trop désolé de votre départ. Que ne ferait-on pas pour vous retenir? Cette fois, ce n'est pas monsieur le duc qui vous parle, c'est moi : que voudriez-vous bien être?

LE CHEVALIER.

Maréchal de France!

(Le Duc étouffe un éclat de rire.)

MADAME DE PRIE.

Ah! vous êtes bien trop jeune! il est d'autres fonctions, d'autres dignités... courrier de cabinet, par exemple?

LE CHEVALIER, avec des larmes dans la voix.

Quel costume a-t-on?

MADAME DE PRIE.

Habit bleu galonné.

LE CHEVALIER, idem.

Ah! laissez-moi partir... nos champs, nos pommiers, Colette! Colette!

MADAME DE PRIE, à part.

Mais que veut-il? Ah!... (haut.) Chevalier, un habit rouge...

LE CHEVALIER.

Ah! pour adoucir une infortune comme la mienne, il n'y a au monde que le rouge.

MADAME DE PRIE.

Vous allez être satisfait. (Au Duc.) Adieu, duc... (Désignant le Chevalier.) Celui-ci nous sauve! Henri IV adore Fleurette... Encore une fois, nous sommes sauvés. (Haut.) Venez, chevalier.

(Elle sort par le fond, suivie du Chevalier.)

SCÈNE V.

LE DUC, seul.

Sauvés, sauvés!... oui, pour quelques jours. Henri IV n'a-dora pas toujours Fleurette... et l'infante s'en va... et ma sœur n'est pas encore partie... et je ne vois pas à l'horizon de Marie de Médicis pour remplacer légitimement Fleurette auprès de notre Béarnais. (Il s'assied à gauche.)

LE VALET, entrant du fond.

Monseigneur, un gentilhomme étranger, suivi de son domes-tique, désire être admis auprès de Son Altesse.

LE DUC.

Sans lettre d'audience? Qu'il écrive! je ne reçois pas ainsi.

LE VALET.

Il m'a donné son nom! (Il remet un papier au Duc.)

LE DUC, lisant.

« Le roi Stanislas. » (Se levant.) Lui, ici, à Versailles! Mais il va nous brouiller avec toutes les cours d'Europe. (Au Valet.)

Qu'il entre!... Non... je cours... je ne sais plus... Oui, qu'il entre! (Le Valet sort.) Ah! au milieu de tous ces événements, c'est un événement bien grave, l'arrivée subite du roi Stanislas!

LE VALET, annonçant.

Sa Majesté le roi Stanislas. (Le Duc va au-devant du Roi.)

SCÈNE VI.

STURMER, STANISLAS, LE DUC.

STANISLAS.

Ma foi, vous m'excuserez, monsieur le duc; je sais que, d'après les conventions diplomatiques passées entre la France et les États du Nord, je n'ai pas le droit de m'éloigner des frontières de l'Alsace...

- (Le Valet a donné un fauteuil au Roi.)

STURMER, quelques pas en arrière, immobile et à demi-voix.

On n'avait pas non plus le droit de vous détrôner, et pourtant... (Apercevant un regard que lui lance Stanislas.) Rien !

STANISLAS, assis un peu à droite à côté du Duc.

Mais, après avoir reçu de monsieur Le Tellier la lettre si chaleureusement empreinte de reconnaissance, où il me parle de l'appui que vous lui avez prêté, je n'ai pu résister au désir de remercier mon frère, Sa Majesté Louis XV, de ce qu'elle a fait, grâce à vous, prince, pour le comte d'Estrées... pour celui que je puis nommer maintenant mon gendre.

LE DUC, à part.

Le comte d'Estrées!... Son gendre! il est à la Bastille.

STANISLAS.

J'aurais été heureux, dès mon arrivée ici, de voir ce roi si bon pour moi; mais il était parti pour la chasse.

LE DUC.

Oui, il est allé à Rambouillet.

STANISLAS.

Je ne me félicite pas moins de vous avoir rencontré...

LE DUC.

Sire!...

STANISLAS.

Pour vous assurer que vous n'avez pas obligé dans le comte d'Estrées... un indifférent ou un ingrat... Et puis, monsieur le duc, en m'accordant une telle faveur, vous avez rendu la joie à un homme qui semblait n'en avoir plus à goûter de bien vives dans ce monde. Le père, grâce à vous, consolera le roi.

LE DUC.

Sire!...

5.

STANISLAS.

Permettez-moi, maintenant, d'aller retrouver celui qui sera bientôt mon fils.

LE DUC.

Sire, si j'osais retenir quelques instants encore Votre Majesté, je suis dans l'obligation de lui dire... Je sais que Votre Majesté arrive à peine, qu'elle est sans doute fatiguée.

STURMER, à demi-voix.

Et très-mouillée.

STANISLAS.

Nous avons essuyé à quelques lieues de Versailles un gros orage.

LE DUC.

En effet, sire, vos habits semblent indiquer...

STANISLAS.

Que voulez-vous, monsieur le duc? la route est un peu longue de Wissembourg à Versailles...

STURMER.

.... Surtout quand on est venu à pied.

LE DUC.

A pied?

STANISLAS.

Je me suis souvenu d'avoir été soldat.

LE DUC.

Un de nos plus grands capitaines.

STANISLAS.

Eh bien! le grand capitaine est venu à pied : voilà dix jours que nous marchons.

STURMER, à mi-voix.

Dix lieues par jour, c'est joli pour un roi !

STANISLAS.

C'est pourquoi je vous demande pardon, monsieur le duc, pour ma simplicité si peu royale. Je sais que l'étiquette a ses lois.

STURMER, à demi-voix.

La nécessité aussi a ses lois. (Après un regard de Stanislas.) Rien !

STANISLAS.

Je me retire, monsieur le duc... Je craindrais d'abuser... (Il se lève ; le Duc aussi.)

STURMER, à part.

Et il ne lui parle pas de sa pension !

STANISLAS.

Mais je ne quitterai pas Versailles sans vous remercier une

dernière fois, monsieur le duc, pour m'avoir si généreusement accueilli en France, après la perte de mon royaume de Pologne.

STURMER.

Oui, généreusement!

LE DUC.

La France n'a fait que son devoir, sire, en s'engageant à vous donner de quoi vivre honorablement en Alsace,

STURMER.

Et nous ne vivons pas!

STANISLAS.

Sturmer!

STURMER.

Eh! non, nous ne vivons pas! voilà six mois que vous ne recevez rien.

STANISLAS.

Sturmer!

STURMER, s'avançant.

Parbleu! c'est moi qui le dirai, puisque vous ne voulez pas le dire. Non, vous ne touchez rien depuis six mois, et pas grand'-chose depuis plusieurs années. C'est une honte! si l'on ne veut pas vous traiter en roi, qu'on vous traite du moins comme un général; si ce n'est comme un général, comme un capitaine; si ce n'est comme un capitaine, qu'on vous traite enfin comme un soldat. On donne du pain au soldat qui a donné son sang. Vous avez répandu le vôtre sur vingt champs de bataille... et vous venez de faire cent lieues à pied, faute d'argent!

STANISLAS.

Tais-toi!

STURMER.

Mon général, j'ai le droit de parler, je ne suis pas sous les armes... Sire, j'ai le droit de pleurer, j'ai vu toutes vos misères.

STANISLAS.

Pardonnez, monsieur le duc, c'est un vieux soldat; je l'ai connu au feu et je l'ai retrouvé dans l'exil.

LE DUC.

Ah! c'est trop de malheurs!... Et Votre Majesté a gardé le silence? (Stanislas se tait.)

STURMER, à part.

Brave cœur, il n'ose pas se plaindre!

LE DUC.

Le gouverneur de l'Alsace me rendra un compte sévère de sa conduite.

STANISLAS.

Monsieur le duc !

LE DUC.

Trahir la générosité de la France ! mais c'est faire outrage à son honneur, à son histoire, à son passé... C'est donner un démenti à saint Louis, à François Ier, à Louis XIV. A saint Louis, qui fonda des refuges hospitaliers pour tous les pauvres de la terre ; à François Ier, qui bâtit des colléges à tous les étrangers ; à Louis XIV, qui donna ses propres palais aux princes qui n'avaient plus ni palais ni royaume. — Malheureuse souvent, vaincue quelquefois, jamais la France n'a été sans pitié pour le malheur. Riche, elle donne son or, puissante son épée ; et quand l'or lui manque et que son épée se brise, elle dit à ceux qui l'implorent : Entrez et partagez ma terre et mon soleil. Et il s'est trouvé un gouverneur de l'Alsace qui a osé !... Ah !... celui-là... un châtiment exemplaire...

STANISLAS.

Monsieur le duc!

LE DUC.

Laisser ainsi un roi !...

STANISLAS.

Je ne suis plus roi, monsieur le duc !... Je ne veux plus l'être du moins que pour reconnaître et mieux apprécier la grandeur du sentiment que vous venez de m'exprimer. J'ai acquitté la moitié de ma dette de cœur.. accompagné de mon gendre, je porterai l'autre moitié à notre jeune majesté.

LE DUC, le retenant.

Sire, pour ne pas interrompre le récit de vos touchantes infortunes, j'ai suspendu la pénible confidence que j'ai à vous faire au sujet même de votre gendre.

STANISLAS.

Qu'est-ce donc ?

LE DUC.

Je dois moi-même vous dire... vous apprendre, sire, que monsieur Le Tellier... est en ce moment...

LE TELLIER, au dehors.

Laissez-moi donc passer ! Je n'ai que deux mots à dire à Son Altesse.

STANISLAS.

C'est sa voix !

LE DUC.

Monsieur Le Tellier ! mais comment ?...

SCÈNE VII.

STURMER, STANISLAS, LE TELLIER, LE DUC.

LE TELLIER, apercevant Stanislas.

Vous, ici!

STANISLAS.

Dans mes bras!

LE DUC, à part.

Qui donc l'a délivré?

LE TELLIER.

Être libre et vous embrasser, c'est trop de bonheur à la fois!

STANISLAS.

Vous parlez d'être libre... vous étiez donc?...

LE TELLIER.

Prisonnier d'État à la Bastille.

STANISLAS.

Prisonnier!... et pour quel motif?...

LE TELLIER.

Ah! je l'ignore parfaitement... mais je le saurai. (Au Duc.)
Souffrez d'abord que je vous rende grâce, monseigneur, pour
m'avoir fait sortir de cette horrible prison.

LE DUC.

Moi, moi, monsieur?... ce n'est pas moi qui...

LE TELLIER.

Alors, c'est par votre ordre que madame de Prie?...

LE DUC.

Madame de Prie?... Ah! oui, monsieur. (A part.) Et il épouse
mademoiselle Leckzinska!... cela ne s'est jamais vu! si! cela
se voit tous les jours.

LE TELLIER.

J'aurais voulu d'abord remercier le roi, mais pour parvenir
jusqu'à Sa Majesté...

STANISLAS.

Le roi n'est pas à Versailles.

LE DUC.

Sa Majesté est à la chasse.

LE TELLIER.

A la chasse?... Monseigneur ignore sans doute que l'orage qui
vient d'éclater a forcé Sa Majesté de rentrer tout de suite au
château.

LE DUC.

Le roi est resté à Versailles? (A part.) Ma sœur aurait donc vu le roi? tout notre ouvrage serait donc brisé, anéanti? (Haut.) Etes-vous bien sûr, monsieur, que le roi n'est pas allé à la chasse? Est-ce bien vous-même qui avez vu?

LE TELLIER.

Moi-même, monseigneur. S'il vous fallait d'autres preuves... Le roi, en remontant le grand escalier de marbre, au milieu de toute sa cour qui devait l'accompagner à la chasse, est allé avec empressement au-devant de mademoiselle de Vermandois, et il l'a chaleureusement félicitée de son arrivée à Versailles.

LE DUC, à part.

Aie! aie!...

LE TELLIER.

Mademoiselle de Vermandois, qui accourait lui présenter la princesse Marie Leckzinska, qu'elle a ramenée avec elle de Fontevrault.

STANISLAS.

Ma fille est ici!... et c'est mademoiselle de Vermandois... Ah! monsieur le duc!

LE TELLIER.

Et j'ai vu de loin, j'ai vu le roi accueillir de son noble et bienveillant sourire la princesse Leckzinska.

STANISLAS.

Que de bonté de la part du roi! Puisqu'il est resté à Versailles, permettez-moi, monsieur le duc, de courir sans retard lui présenter mes hommages. (A Le Tellier.) Je vais voir ma fille! comprenez-vous ma joie, Le Tellier?... Vous la verrez aussi... bientôt!

LE DUC, à part.

Je saurai si le roi a reçu ma sœur. (Haut.) Puisque Votre Majesté le désire si vivement, j'aurai l'honneur de l'accompagner moi-même jusqu'auprès du roi. (En montrant au Roi le chemin.) Sire! (Stanislas et le Duc sortent par le fond. Sturmer les suit.)

SCÈNE VIII.

LE TELLIER, seul.

Ah! qui me dira donc par quel effet de la destinée je trouve la princesse Leckzinska ici, à Versailles, au milieu d'une cour dont elle semble partager la pompe et l'éclat? La voici!

SCÈNE IX.

LE TELLIER, MARIE.

LE TELLIER, allant au-devant de la Princesse.

Marie!...

MARIE.

Moi-même, arrivée cette nuit à Versailles avec mademoiselle de Vermandois.

LE TELLIER.

Je le sais... je vous ai entrevue tantôt, sur le grand escalier de marbre... quand le roi... Mais, dites-moi, Marie, comment, lorsque je me consumais d'impatience et de rage dans une tour de la Bastille, comment avez-vous pu quitter le couvent de Fontevraut?

MARIE.

Votre lettre m'a appris votre détention; mes pleurs ont touché mademoiselle de Vermandois, qui a juré de nous réunir... qu'elle en avait le pouvoir.

LE TELLIER.

Généreuse princesse! digne du grand nom qu'elle a et du titre plus grand encore qu'elle va porter.

MARIE.

Nous la bénirons toujours.

LE TELLIER.

Oh! oui... toujours.

MARIE.

Mais quelle puissante inimitié, ou plutôt quelle injustice vous a fait enfermer dans cette redoutable prison d'État?

LE TELLIER.

C'est une ténébreuse histoire. J'ai vainement tenté de l'éclaircir... un jour peut-être je saurai... Mais laissons cet événement dans l'ombre; parlez-moi de vous, toujours de vous. Mais comme vous êtes belle et magnifiquement parée!... parée comme une reine!

MARIE.

Pour être présentée au roi, il fallait bien...

LE TELLIER.

Sans doute... mais ces perles, ces diamants...

MARIE.

C'est une fée qui me les a donnés.

LE TELLIER.

Une fée bien riche.

MARIE.

Oh! oui... mademoiselle de Vermandois! c'est elle qui a pris plaisir à me parer, comme vous me voyez là, de ces riches pierreries, voulant me faire digne d'arrêter les regards du jeune roi qu'elle va épouser. Ah! si vous saviez les paroles affectueuses qu'il a daigné me dire! comme il me regardait avec bon-

heur ! J'en étais heureuse aussi, mais bien confuse. Et comme
il s'informait avec bonté de mon père ! comme il souriait !
Croiriez-vous qu'il m'a pris les mains et qu'en présence de toute
la cour il les a portées à ses lèvres avec une effusion !...

LE TELLIER

Ah ! le roi ?...

MARIE.

Oui. Est-ce que vous seriez fâché que le roi ?...

LE TELLIER.

Non !

MARIE.

Seriez-vous jaloux ?

LE TELLIER.

Du roi ?... Non, Marie, non... je ne suis pas jaloux.

MARIE.

Moi, je serai franche : tenez, mon ami, j'ai été surprise, j'ai
été éblouie, je suis enchantée de tout ce que je vois, de tout ce
que j'entends ici. Ce palais, bâti par le plus grand des rois, peu-
plé de merveilles qui font palpiter le cœur d'admiration ; ces
jardins qui l'enveloppent d'ombre et de silence, comme ces palais que l'on voit passer dans les rêves ; ces salons incessam-
ment parcourus par les jeunes descendants de l'antique noblesse
française, leur respect gracieux pour les dames, leurs atten-
tions délicates, leur esprit et leur courtoisie, m'ont ravie, eni-
vrée... j'en suis émue ; c'est la cour !... je respire comme l'air
natal ; oui, je renais : c'est la cour, c'est la cour ! — Mais ce
que je dis semble de plus en plus vous attrister.

LE TELLIER.

Non, oh ! non, Marie.

MARIE.

Si !... vous êtes rêveur.

LE TELLIER.

Non... je vous jure...

MARIE.

Seriez-vous fâché que je sois si heureuse ? j'en avais perdu
l'habitude : il faut me pardonner.

LE TELLIER.

Ah ! vous l'avez dit, Marie, c'est l'air natal que vous respirez
en ce moment. Quand vous n'en sentirez plus la douce in-
fluence...

MARIE.

Eh bien ?

LE TELLIER.

Ne languirez-vous pas, alors ?...

MARIE..

Cette crainte...

LE TELLIER.

Ne mourrez vous pas?...

MARIE.

Que dites-vous ?...

LE TELLIER.

Marie, en vous épousant, je vous entraîne loin des cours, loin de cette cour surtout qui vous enchante et vous enivre, vous venez de le dire... Ne me haïrez-vous pas pour vous en avoir arrachée?

MARIE.

Vous haïr !... mais c'est une injure... c'est un blasphème !

LE TELLIER.

Pardon, Marie ! mais, voyez-vous, la cour n'exerce pas sur moi le même charme ; pardonnez-moi de vous parler ainsi, mais depuis que je suis dans ce palais de Versailles, j'ai perdu toute confiance en moi et dans l'avenir... Son éclat si vanté m'attriste, son faste m'écrase. Il me semble qu'aucun homme ne peut être libre, qu'aucune femme ne peut rester pure dans cet air chargé de mensonges, d'intrigues et de parfums. Aucun sentiment vrai n'y peut vivre ; la loyauté s'y traîne, l'amour y pâlit... le mien souffre. Oui, Marie, j'éprouve, je subis des pressentiments dont je ne suis pas maître, mon cœur en est plein; et le cœur de ceux qui croient encore et qui aiment, — Marie, vous qui aimez et croyez, vous me comprendrez, — le cœur est le dernier prophète qui soit resté sur la terre, — il lit dans l'avenir. Le mien ne se trompe pas; l'avenir lui fait peur.—Marie! Marie! rassurez-moi, dites-moi que j'ai tort, dites-moi que je suis injuste, que je suis fou !

MARIE.

Écoutez; mon père est en ce moment près du roi : nous ne devions quitter Versailles que dans trois jours... Eh bien ! je vais de ce pas prier le roi, en présence même de mon père, de nous laisser partir demain.

LE TELLIER.

Marie, c'est là une résolution...

MARIE.

Elle est prise.

LE TELLIER.

C'est là un sacrifice...

MARIE.

Non, c'est un bonheur pour moi.

LE TELLIER.

Et pour moi, le plus grand de tous.

MARIE.

Vous, mon père et moi, nous quitterons Versailles, et pour toujours, demain.

LE TELLIER.

Oh! oui, demain.

MARIE.

Laissez-moi donc jouer jusque-là mon grand personnage de princesse. Dès que j'aurai obtenu cette permission, cette faveur du roi, je me hâterai de vous le faire savoir... Mais puisque vous redoutez tant pour moi l'air de la cour de Versailles, ne me quittez plus... Venez, accompagnez-moi jusqu'à la porte des appartements du roi... car ce n'est pas du roi, je pense, que vous êtes sérieusement jaloux ?

LE TELLIER.

Non, mais je voudrais que nous fussions déjà loin, je voudrais... (A part.) Monsieur le duc revient. . Oh ! je saurai bientôt pour quel motif... cette captivité à la Bastille... Mais, comme il est abattu, sombre et soucieux !

MARIE.

Eh bien ! j'attends... venez.

(Elle prend le bras de Le Tellier. Ils sortent par la droite.)

SCÈNE X.

LE DUC, seul, entrant par le fond.

Je ne me trompais pas, ma disgrâce est prochaine, elle est infaillible. Quel accueil glacial m'a fait le roi !... Allons, ma sœur triomphe ! Elle sortait à peine de son entrevue avec lui... malgré la présence du roi Stanislas, il ne m'a parlé que d'elle. Tantôt c'est l'âge de mademoiselle de Vermandois qu'il voulait connaître, tantôt son caractère... c'est assez clair... ma sœur lui a plu... elle va être reine de France... et madame de Prie qui est allée s'imaginer avec Colette... Fleurette !... Ce soir je serai exilé à Chantilly.

SCÈNE XI.

LE DUC, MADEMOISELLE DE VERMANDOIS.

MADEMOISELLE DE VERMANDOIS, entrant par le fond.

Je trouve bien étrange, monsieur le duc, permettez-moi de le dire, et singulièrement déplacé ce qui se passe autour de moi.

LE DUC.

Que se passe-t-il ici dont vous ne deviez être flattée ?

MADEMOISELLE DE VERMANDOIS.

Eh! quoi! vous m'appelez brusquement à Versailles; j'accours, j'arrive, et quand j'ai tout lieu de croire que l'infante est en route pour Madrid, je la retrouve ici!... Oui, monsieur le duc, je l'ai coudoyée dans la grande galerie des Maréchaux, comme je sortais des appartements du roi, où elle se rendait elle-même. En ce moment elle est avec lui. Que veut dire?

LE DUC, étonné.

L'infante chez le roi! j'ignorais, ma sœur...

MADEMOISELLE DE VERMANDOIS.

Vous ignoriez!... un premier ministre qui ignore? Eh bien! je vous apprendrai que c'est monsieur le cardinal Fleury qui, d'un air triomphal, présente en ce moment l'infante à Sa Majesté.

LE DUC, à part, avec une satisfaction contenue.

Il aurait donc apaisé l'ambassadeur?... Mais alors...

MADEMOISELLE DE VERMANDOIS.

Et puisque c'est moi qui dois tout vous apprendre, sachez aussi, — et cela, du reste, n'est plus un secret pour personne au château, — que c'est madame de Prie... toujours madame de Prie! qui, par un mystère dont je n'ai pas encore percé l'obscurité, a ramené elle-même à Versailles l'infante, que j'avais laissée à Fontevraut.

LE DUC.

Ma sœur, tous ces événements dont j'ai lieu comme vous d'être surpris...

MADEMOISELLE DE VERMANDOIS.

Prétendrait-on me susciter quelque rivalité puissante auprès du jeune roi, m'opposer un sang royal? Mais ne suis-je pas de sang royal aussi?

LE DUC.

Qui oserait dire le contraire?

MADEMOISELLE DE VERMANDOIS.

Le roi a daigné me regarder d'ailleurs, et ce n'est pas seulement son regard, où se peint si bien son âme, qui m'a exprimé sa noble tendresse, j'ai d'autres témoignages.

LE DUC, à part.

Cette assurance!...

MADEMOISELLE DE VERMANDOIS.

Allez, allez, toutes les folles espérances de ceux qui essayeraient de lui faire changer désormais de volonté tourneront à leur honte... je vous le prédis.

LE DUC.

Je n'en doute pas, ma sœur, et si, comme vous le dites, le

roi, touché, épris de votre beauté, a résolu de vous faire asseoir près de lui sur le trône de France...

MADEMOISELLE DE VERMANDOIS.

Personne ne m'empêchera d'y monter; et quand j'y serai assise, je me souviendrai de ceux qui ont voulu m'en barrer le passage. Je n'oublierai pas monsieur de Fleury... je n'oublierai personne. (Changeant de ton.) Sa Majesté, je crois, donne ce soir un bal?

LE DUC.

Oui, en l'honneur du roi Stanislas.

MADEMOISELLE DE VERMANDOIS.

Je serai à ce bal. Ce matin le roi n'a vu en moi que la chanoinesse de Fontevraut; ce soir, dans quelques heures, il verra mademoiselle de Condé, la princesse de Vermandois; ce soir, il verra la femme; je serai belle... comptez sur moi.

SCÈNE XII.

MADAME DE PRIE, LE DUC, MADEMOISELLE DE VERMANDOIS.

MADAME DE PRIE, au Duc.

Je venais vous annoncer, dans la joie de mon âme, mon cher duc, que, grâce à mon habileté...

MADEMOISELLE DE VERMANDOIS.

Sœur Clémence!... Oh! non, je me trompais!... il n'y a pas que des ennemis à la cour. Je devais vous y retrouver, madame. Mon frère, c'est une nouvelle amie qu'un lien religieux...

LE DUC, saisi d'étonnement.

Elle!

MADAME DE PRIE.

Peut-être vous trompez-vous, madame...

MADEMOISELLE DE VERMANDOIS.

N'êtes-vous pas?...

MADAME DE PRIE, passant au milieu.

Madame de Prie!

MADEMOISELLE DE VERMANDOIS, reculant d'un pas.

Madame de Prie! madame de Prie!... Ah! oui, vous avez voulu me connaître, en venant au couvent de Fontevraut?

MADAME DE PRIE.

Je vous connais maintenant.

MADEMOISELLE DE VERMANDOIS.

Pas encore! j'ai parlé de vous au roi.

MADAME DE PRIE.

Moi, de vous... un instant avant votre entrevue avec lui. Je le quitte; il est en ce moment avec la princesse Marie Leckzinska, et l'infante, dont il reçoit les adieux.

MADEMOISELLE DE VERMANDOIS.

C'est vous, madame, que je chargerai cette fois de ramener l'infante à Madrid.

MADAME DE PRIE.

Et vous avez le consentement du roi à cette mesure si prompte et si précipitée?...

MADEMOISELLE DE VERMANDOIS.

J'ai celui de la reine.

LE DUC, bas à madame de Prie.

Prenez garde!

MADAME DE PRIE, ironiquement.

La reine!...

MADEMOISELLE DE VERMANDOIS.

Elle est devant vous!... si vous en doutiez, vous allez savoir dans quelques instants ce que le roi, trop réservé, trop timide pour me dire devant mademoiselle Leckzinska, daigne écrire lui-même, en ce moment, pour vous être adressé, monsieur le duc. Précaution bien délicate, mais superflue, car, malgré ses détours, malgré le soin ingénieux qu'il a eu de ne me parler que de Fontevrault, pendant toute notre entrevue, le jeune roi n'a pu s'empêcher de me laisser deviner sa pensée. Préparez-vous donc à lire l'arrêt irrévocable de ses intentions royales sur moi.

SCÈNE XIII.

LE DUC, MADAME DE PRIE, MADEMOISELLE DE VERMANDOIS, MARIE, suivie de plusieurs DAMES D'HONNEUR. Une dame d'honneur porte une lettre sur un coussin.

MARIE, avec effusion.

Ma cousine, j'ai obtenu du roi de vous apporter moi-même cet écrit qui renferme, m'a-t-il dit avec bonté, la réalisation la plus chère de vos vœux et des siens. Moi, qui vous dois tant, madame, j'ai voulu être la messagère de votre joie.

MADEMOISELLE DE VERMANDOIS.

Lisez, monsieur le duc.

LE DUC, prenant la lettre et lisant.

« Monsieur le duc, vous devez être instruit le premier de la » haute faveur que j'accorde à votre illustre maison. Qu'il soit

» fait selon le désir de ma belle cousine de Vermandois, désir
» qui est aussi le mien ! En reconnaissance de ce que je lui dois
» pour avoir présenté à ma cour mademoiselle Leckzinska,
» je la fais de mon autorité royale... »

MADEMOISELLE DE VERMANDOIS.

Achevez !

LE DUC, lisant

« Supérieure du couvent de Fontevrault. »

MADAME DE PRIE.

Supérieure de Fontevrault.

MADEMOISELLE DE VERMANDOIS.

Prenez garde, madame !... Prenez garde, Marie ! Trop belle
pour n'avoir pas plu au roi, trop pauvre pour qu'on veuille
faire ici de vous une reine, les courtisans diront bientôt de
vous... ils disent peut-être déjà que vous êtes...

MARIE, éclatant d'indignation.

Oh ! madame !...

SCÈNE XIV.

MADAME DE PRIE, LE DUC, STANISLAS, MADEMOISELLE DE VERMANDOIS, MARIE.

STANISLAS, qui a entendu du fond.

Que diraient-ils ?

MARIE, courant à son père.

Mon père !

STANISLAS.

Qui oserait parmi eux toucher à cette enfant qui n'a pour se
défendre que la candeur de son âge et les malheurs de sa
famille ?

LE DUC.

Sire !

MADAME DE PRIE, bas au Duc.

Soyez donc calme.

STANISLAS.

Il y a ici, à Versailles, une âme noble, ardente, chevaleres-
que ; il y a un jeune roi qui ne voudrait jamais de ses mains
pures mêler du poison au pain qu'il a offert au malheur ; qui ne
voudrait jamais faire crouler sous le déshonneur de la fille
le toit qu'il a donné au père dans l'exil. C'est à Louis XV que
j'irai, que je vais parler. Je ne me plaindrai pas. Je lui dirai
simplement : Voilà la fille d'un roi, de votre hôte, protégez-la !
(Prenant Marie et l'entraînant.) Je vais chez le roi.

MADAME DE PRIE.

Adieu donc, mademoiselle !

MADEMOISELLE DE VERMANDOIS.

Au revoir, madame! Je vais au couvent.

MADAME DE PRIE

!

MADEMOISELLE DE VERMANDOIS.

Je prierai pour vous, madame.

MADAME DE PRIE.

Je danserai pour vous, mademoiselle.

ACTE CINQUIÈME

Riche salon, style Louis XIV. — Porte au fond et portes latérales.

SCÈNE PREMIÈRE.

STURMER, seul.

Vivat! la place est prise; nous voici dans la citadelle. Est-ce que les conseils que je ne cesse de donner au roi Stanislas au-raient enfin porté leurs fruits? Ça n'aura pas été sans peine! Comprend-on que tout le long du chemin, en venant, il n'ait cessé de me dire : « Vois-tu, Sturmer, ce qu'il y a de plus heu-» reux au monde, c'est de cultiver son champ, de vendre son » blé, de boire son vin auprès de son feu.—Est-ce là, lui di-sais-je, parler en roi? — C'est le vrai bonheur, » me répon-dait-il. » Et moi, de lui dire encore : Les rois ne sont pas faits pour être heureux. — Parbleu! s'écriait-il, c'est pour cela » même que je ne veux plus être roi! » Eh bien! moi, je veux qu'il le soit encore, et il le sera. Je ne veux pas mourir sans l'avoir vu remonter sur le trône de ses ancêtres. Le voilà déjà dans un palais assez beau, en attendant qu'il occupe le sien... là-bas. Et quel entourage on nous a donné! Des gardes d'hon-neur, des carrosses dorés, des officiers de chasse. Et mademoi-selle Marie Leckzinska, elle a aussi, a ses demoiselles d'honneur, ses officiers de commandements, enfin tout le cortége d'une princesse! Il ne nous manque plus qu'un royaume... et une ar-mée pour le conquérir. Ah! mais n'oublions pas que la prin-cesse veut me parler. Voici bientôt l'heure. Que peut-elle me vouloir?

SCÈNE II.

STURMER, LE TELLIER.

LE TELLIER.

Sturmer, dis-moi...

STURMER.

Ah! c'est vous, mon capitaine? Eh bien! nous triomphons, vous voyez! Vos amis sont dans la gloire et la prospérité.

LE TELLIER.

Et la princesse?... Sais-tu si je pourrai lui parler ce matin?

STURMER.

Oh! cela ne me regarde plus, mon brave capitaine. Il faut pour cela s'adresser d'abord à l'officier des gardes, qui vous renverra au premier valet de chambre, qui vous renverra à la demoiselle d'honneur, qui vous renverra... Que voulez-vous, ils sont si heureux qu'on ne peut plus les approcher!

LE TELLIER.

Il faut pourtant que je voie la princesse.

STURMER.

Vous la verrez. Justement la princesse m'a fait dire qu'elle avait à me parler... Voici l'heure.

LE TELLIER.

Je t'en prie, mon bon Sturmer.

STURMER.

J'y cours. Comptez sur moi, mon capitaine. (Il sort.)

SCÈNE III.

LE TELLIER, seul.

Quel changement dans leur destinée! J'en suis reconnaissant au ciel pour eux; mais je voudrais que Marie m'expliquât... Hier, impossible de la voir, même ici, chez son père. Elle devait pourtant me faire savoir si le roi leur avait permis de quitter Versailles aujourd'hui et de retourner en Lorraine, et elle ne m'a rien fait dire. Ce silence!... cette installation royale qui semble annoncer un long séjour! Ah! pourquoi Marie ne m'a-t-elle pas fait connaître la réponse du roi?

LE DUC, au dehors, au fond.

Que les carrosses de Sa Majesté le roi Stanislas soient prêts dans dix minutes!

LE TELLIER.

Le duc! Je vais savoir...

SCÈNE IV.

LE DUC, LE TELLIER.

LE TELLIER, saluant.

Monsieur le duc!...

LE DUC

Ah! je me félicite, monsieur, de vous rencontrer dans les appartements de Sa Majesté le roi Stanislas, en accourant lui apporter, de la part de notre jeune roi Louis XV, une nouvelle... une nouvelle bien heureuse pour lui, qui changera sa destinée. Mais, encore une fois, je me félicite.

6

LE TELLIER.

C'est moi, monseigneur, daignez le croire, qui suis grandement honoré...

LE DUC.

Hier, monsieur, un événement imprévu m'a empêché, au sortir du conseil, de vous donner l'explication que vous veniez me demander, au sujet d'une captivité...

LE TELLIER.

Dont je cherche encore la cause avec anxiété...

LE DUC.

Il est temps de vous l'apprendre. Votre destinée vous a placé sur le passage d'un désir, d'une volonté puissante, souveraine...

LE TELLIER.

Moi?

LE DUC.

Votre résistance à cette volonté, devant laquelle tout doit céder, tout! eût été un malheur pour vous, et pour nous un scandale qu'il fallait prévoir, qu'il fallait éviter. Votre disparition momentanée était donc une nécessité fatale de la raison d'État.

LE TELLIER.

Une nécessité fatale!... la raison d'État!... ma résistance!... Mais, monseigneur, j'ai toujours servi le roi avec fidélité, et je ne devine pas quelle résistance le roi avait à craindre... car enfin, c'est du roi que vous voulez parler?

LE DUC.

C'est du roi. Son âge appelle près de lui sur le trône une épouse. La femme qu'il a choisie parmi les princesses les plus vertueuses, les plus dignes, les plus belles, c'est...

LE TELLIER.

C'est?...

LE DUC.

La princesse Marie Leckzinska.

LE TELLIER.

Elle!... c'est impossible!...

LE DUC.

Le roi Stanislas va être convaincu que cela n'est pas plus impossible que les riches avantages que lui fait le roi Louis XV, en lui demandant la main de sa fille, avantages dont je cours l'instruire avant son départ pour la chasse... (Il fait un pas vers la droite.)

LE TELLIER, remontant et se plaçant devant lui.

Encore une fois, c'est impossible!... Et mon cœur, ma raison, ma volonté, mes droits... car j'ai des droits, monseigneur...

LE DUC.

Oh! croyez, monsieur, que le roi n'oubliera jamais dans sa générosité, le sacrifice qu'on vous impose, et qu'il saura...

LE TELLIER.

Le roi ne me doit rien... je ne lui donne rien. Qu'il prenne! il est le maître.

LE DUC.

Il est pourtant des faveurs, des récompenses...

LE TELLIER.

Ah! oui... il en est une, et je vous la demande, monseigneur... c'est la seule que j'attende de la générosité du roi.

LE DUC.

Parlez.

LE TELLIER.

C'est de m'envoyer, avec mon simple grade de capitaine, dans nos possessions de l'Inde, au delà des mers. Du moins, je ne verrai pas s'accomplir sous mes yeux... Mais si je pars, je ne la verrai plus!... Ah!... une dernière fois, ce mariage injuste, cruel, n'est pas possible!... et je donne un démenti...

LE DUC.

Monsieur!...

SCÈNE V.

MADAME DE PRIE, LE DUC, LE TELLIER.

MADAME DE PRIE, entrant du fond.

Monseigneur, Sa Majesté désire que vous ordonniez immédiatement au grand chancelier de se rendre au château. Elle veut que dans la journée son contrat de mariage avec la princesse Marie Leckzinska soit dressé. Le roi et la princesse le signeront ce soir même au retour de la chasse de Chantilly.

LE TELLIER.

Ce soir même!... (Au Duc.) Monseigneur, veuillez me faire obtenir sur-le-champ la faveur que je vous ai demandée.

MADAME DE PRIE, à part.

Quelle est cette faveur?

LE DUC.

Vous allez l'avoir.

MADAME DE PRIE, à part.

Je saurai...

LE DUC.

Je cours remplir tous les ordres de Sa Majesté. (A part en s'en allant par la droite.) Marquise, on ne revient pas aussi facilement de l'Inde qu'on sort d'une prison d'État.

SCÈNE VI.

MADAME DE PRIE, LE TELLIER.

LE TELLIER.

Ce soir même !... Et c'est pour cela, madame, que vous m'avez fait sortir de la Bastille !...

MADAME DE PRIE, avec intérêt.

Qui pouvait prévoir ?...

LE TELLIER.

Il fallait m'y laisser mourir.

MADAME DE PRIE.

J'ignorais votre amour pour la fille du roi Stanislas, j'ignorais que c'était elle que vous aviez choisie pour femme. Je ne l'ai appris que depuis que notre jeune roi a résolu de l'épouser.

LE TELLIER.

De l'épouser !... Oh ! mais je doute encore, je nierai toujours. J'aime tant Marie Leckzinska!

MADAME DE PRIE, même accent de sympathie.

Et la princesse vous aime autant que vous l'aimez ; mais elle est fille de roi.

LE TELLIER.

Elle le savait en acceptant ma main.

MADAME DE PRIE.

Mais elle ne soupçonnait pas, mon ami, qu'un jour un roi de France, en l'épousant, donnerait à son père une province qui vaut un royaume, une couronne de duc qui vaut une couronne de roi !...

LE TELLIER, étonné.

Une province !... une couronne !...

MADAME DE PRIE.

Oui, l'exilé du trône de Pologne, le roi proscrit, le prince malheureux, qui vit encore aujourd'hui de la commisération de la France, deviendra, ce soir, au moment où sa fille épousera Louis XV, grand-duc de Lorraine, il aura une cour, des sujets, enfin il sera presque roi.

LE TELLIER.

Ah! voilà la nouvelle que monsieur le duc est allé lui apprendre. Je suis perdu!

MADAME DE PRIE.

Et vous voudriez forcer mademoiselle Leckzinska, pour quelques serments d'amour, des serments bien légers, allez, monsieur, quand l'âge et la raison arrivent, à sacrifier le bonheur d'un père et d'un roi?...

LE TELLIER.

Des serments d'amour légers... dites-vous? Mais cet amour est toute ma vie, et ces serments sont mon bonheur. Mais vous n'avez donc jamais aimé, madame?

MADAME DE PRIE.

Pardon! quelquefois... et j'ai prêté des serments, moi aussi.

LE TELLIER.

Eh bien! moi, madame, tout mon cœur se déchire à la pensée d'un serment trahi. Non! cela ne s'oublie pas.

MADAME DE PRIE, à part.

Pauvres enfants!

LE TELLIER.

Mais, Marie?... Vous ne me dites pas si elle connaît le sort qu'on lui destine?

MADAME DE PRIE.

La princesse est en ce moment avec les jeunes sœurs du roi et le roi lui-même.

LE TELLIER.

Déjà?... Elle consentirait donc?... Oh! non, et si elle a consenti, c'est qu'on l'aura trompée. On lui aura dit, j'en suis sûr, que je consentais moi-même à cette séparation. C'est faux! je n'y consentirai jamais. Ah! tenez, madame, tant de trahisons!... Je pourrais bien à la fin ne pas toujours me plaindre. La souffrance qu'on irrite si cruellement conseille mal. Je suis d'une race dont les passions ont étonné, ont effrayé l'histoire. Mon sang est le sang de Gabrielle d'Estrées. Gabrielle aima jusqu'à la témérité, jusqu'à la mort. « N'aimez pas le roi, lui disaient dans l'ombre les courtisans, ou nous vous ferons mourir par le poison. » Elle continua d'aimer Henri IV, la courageuse femme, et elle mourut empoisonnée. Je ferai comme elle, je ne cesserai pas d'aimer devant la mort. Mais, moi, avant de la recevoir, j'ai une épée... je ne sais encore qui je frapperai, mais je frapperai. On me tue... à mon tour je... Oh! madame, madame! pardonnez l'exaltation, le délire, le cri de cette grande douleur. On m'enlève Marie, on me l'arrache des bras, du cœur, du souvenir, il faut bien... Ah! j'étouffe, j'étouffe dans les larmes.

MADAME DE PRIE, à part.

Comme c'est beau d'aimer!... trop beau!

LE TELLIER.

Encore une fois, madame, pardonnez! Mais vous avez raison, il le faut... son père... Marie, résignée, cédera par tendresse pour lui; et moi, resigné aussi... J'attends le duc, il va me remettre ce que je lui ai demandé.

6.

MADAME DE PRIE, à part.

Mais que lui a-t-il donc demandé?... (Haut.) Voici le roi Stanislas!... N'oubliez pas que son sort dépend de celui de sa fille, et que celui de sa fille est entre vos mains.

(Elle sort par la gauche.)

SCÈNE VII.

LE TELLIER, seul.

Le père de Marie va me confirmer la fatale nouvelle... fatale pour moi seul!... pour lui c'est le bonheur... pour elle aussi peut-être!... Le voici.

SCÈNE VIII.

LE TELLIER, STANISLAS, venant de la droite.

STANISLAS, lentement à demi-voix.

Monsieur le duc de Bourbon sort de chez moi.

LE TELLIER, timidement.

Je le sais, sire, et je vous attendais.

STANISLAS.

Son Altesse a dû vous dire...

LE TELLIER, craignant toujours d'interroger.

Les projets du roi sur vous et sur la princesse.

STANISLAS.

Oui, sur ma fille et sur moi, des projets magnifiques.

LE TELLIER.

Et puis, des avantages....

STANISLAS.

Superbes!... au delà des rêves les plus ambitieux qu'elle et moi pouvions former.

LE TELLIER.

Et vous avez?...

STANISLAS, ouvertement.

J'ai refusé.

LE TELLIER.

Vous avez refusé?

STANISLAS.

Oui.

LE TELLIER.

Vous avez refusé une couronne pour vous?...

STANISLAS.

Oui.

LE TELLIER.

Un trône pour votre fille ?

STANISLAS.

Oui.

LE TELLIER.

Mais, sire, votre exil, vos souffrances, tous ces malheurs près de recommencer, si vous refusez?... Vos misères, sire... vos nuits sans feu... vos jours sans pain?...

STANISLAS.

Et ma parole que je vous ai donnée !

LE TELLIER, avec effort.

Je vous la rends, sire.

STANISLAS.

Je ne la reprends pas. A Wissembourg, c'était possible ; mais à Versailles, quand on m'offre un trône... Non, mon ami, non!

LE TELLIER.

Mais, sire, on dira...

STANISLAS.

Quoi? que j'ai été un pauvre ambitieux?... Parbleu! qu'on le dise! Mais, du moins, je serai resté honnête homme.

LE TELLIER.

Sire, je suis touché jusqu'au fond du cœur de votre générosité; mais je ne dois pas...

STANISLAS.

Vous n'aimez donc pas ma fille?

LE TELLIER.

Ce doute... Oh! mon Dieu!

STANISLAS.

Quoi ! cette charmante tête dans laquelle il n'y a jamais eu une pensée qui ne fût pour vous, ce cœur si pur que vous avez fait battre le premier !... Allons, dites que c'est vous qui retirez votre parole, et je comprendrai...

LE TELLIER, se jetant aux pieds du Roi.

Sire, ce reproche...

STANISLAS, le relevant et l'attirant sur son cœur.

Appelle-moi donc ton père! et laisse-moi voir tes larmes. Quel trône en a jamais fait verser d'aussi douces?

LE TELLIER.

Je n'ai pas la force de résister, et pourtant... Non, sire, je n'abuserai pas de votre loyauté de prince, de votre tendresse de père... Je ne dois pas... je ne puis pas... Votre fille, d'ailleurs, ne s'est pas encore prononcée, et c'est elle seule qui...

STANISLAS.

Eh bien! puisque vous voulez attendre que Marie vous dise elle-même... tenez, la voici.

SCÈNE IX.

LE TELLIER, MARIE, STANISLAS.

MARIE, très-agitée, entrant par le fond.

Mon père!... mon ami! nous sommes seuls...

(Le Tellier va fermer la porte du fond.)

STANISLAS.

Ma fille... cette émotion!...

LE TELLIER, revenant.

Rassurez-nous.

MARIE, à Le Tellier.

Hier, je vous avais promis de solliciter instamment de la bonté du roi qu'il nous permettrait de quitter aujourd'hui Versailles... Mais depuis hier...

LE TELLIER.

J'ai tout appris : le roi... le roi vous aime, il veut vous épouser.

MARIE.

Et moi... Écoutez, il nous emmène, mon père et moi, aujourd'hui à une grande chasse à courre, dans les bois de Chantilly...

STANISLAS.

Oui, les voitures sont prêtes, et dans quelques instants...

MARIE,

Le roi veut pouvoir, au retour de cette chasse, me présenter solennellement à sa famille, aux princes, aux ambassadeurs, aux courtisans réunis dans ses salons, enfin me montrer à tous comme future reine de France.

STANISLAS.

Est-il bien vrai?... Cependant...

MARIE.

J'en suis sûre. Le grand chancelier est prévenu; le contrat sera dressé dans la journée, il sera signé ce soir.

STANISLAS.

Mais j'ai dit à monsieur de Bourbon...

MARIE.

J'étais à l'instant même avec le roi quand monsieur de Bourbon lui a rapporté vos paroles. Après les avoir entendues, le roi n'en a pas moins persisté dans ses intentions de me choisir pour reine.

STANISLAS.

Et toi, alors?...

MARIE.

Moi, alors, j'ai combattu doucement, avec toutes les convenances dues à Sa Majesté, qui a été si bonne pour nous, ses projets sur moi; mais j'ai vu dans l'expression de ses yeux, j'ai lu dans la résolution de ses paroles, l'irrévocable intention de n'écouter que sa volonté royale.

STANISLAS.

Quoi! malgré mon refus à monsieur de Bourbon?...

MARIE, avec fermeté.

Alors j'ai compris, moi qui ai aussi ma volonté royale, qu'il n'était qu'un moyen, qu'un seul, de se soustraire... Je vous ai dit la résolution du roi... voici la mienne.

STANISLAS.

Nous t'écoutons.

LE TELLIER.

Parlez!

MARIE.

Cette grande chasse à courre, où nous allons nous rendre, doit durer au moins quatre heures.

STANISLAS.

Au moins.

MARIE.

Chantilly est déjà à douze lieues de Versailles. Pendant ces quatre heures destinées à la chasse, mon père et moi, au lieu de la suivre, nous nous éloignerons adroitement, insensiblement... Puis, nous la quitterons tout à fait.

LE TELLIER

Mais...

STANISLAS.

Continue... j'entrevois...

MARIE, à Le Tellier.

Alors, vous, mon ami, vous nous rejoindrez, car vous allez mystérieusement nous suivre à cheval à travers bois jusqu'à Chantilly, et vous ne nous perdrez pas un seul instant de vue pendant les premiers quarts d'heure de la chasse. C'est essentiel!

STANISLAS.

Vous entendez?... c'est essentiel!

LE TELLIER.

Vous êtes donc dans la confidence?...

STANISLAS.

Non... mais puisque ma fille... — Poursuis!

MARIE.

Nous trois réunis, une chaise de poste, — elle nous attend, — une chaise de poste nous emporte, nous entraîne hors des limites de la forêt, loin de la chasse, loin de la foule, loin de tous les regards.

LE TELLIER, étonné.

Ce projet...

STANISLAS.

Ne l'interrompez pas !

MARIE.

Nous pouvons faire douze lieues pendant ces quatres heures.

STANISLAS.

Nous les ferons !

LE TELLIER, effrayé.

Marie, vous voudriez ?...

MARIE.

Avant la nuit nous serons à vingt-quatre lieues de Versailles... et devant nous la nuit, une nuit entière !... qu'on nous cherche ensuite !

STANISLAS.

Oui, qu'on nous cherche ensuite !

MARIE.

On nous croira égarés.

STANISLAS.

Oui.

MARIE.

On nous croira perdus.

STANISLAS.

Tout ce qu'on voudra !

LE TELLIER.

Mais, encore une fois, ce projet désespéré, s'il est découvert, ne craignez-vous pas alors ?...

STANISLAS.

Encore une fois, ne l'interrompez pas ! Et puisqu'on veut malgré ma fille, malgré moi... puisqu'on prétend nous faire violence... — Achève !

MARIE.

Le lendemain nous fuyons à travers les coteaux de la Champagne.

STANISLAS.

Le surlendemain nous sommes en pleine forêt des Ardennes.

MARIE, avec bonheur.

Et Wissembourg au bout de notre course.

LE TELLIER, même accent.

Wissembourg!

STANISLAS, même accent.

Et ma maison paisible!... et mon foyer!... Oh! sainte volupté du retour! Je vais donc vous revoir, ma vieille Bible, mon vieux fauteuil, mes jeunes fleurs!... (Prenant Marie dans ses bras.) Et toi, ma fille, près de moi!...

MARIE.

Votre fille heureuse, bien heureuse! (Montrant Le Tellier.) Et lui, avec nous, mon père.

LE TELLIER, cédant à l'entraînement.

Mes amis!

STANISLAS, à Le Tellier.

Tu ne nous quitteras plus.

LE TELLIER.

Jamais!

STANISLAS.

Tu seras notre appui.

LE TELLIER.

Avec moi, Marie, ce ne sera pas la richesse.

MARIE.

Ce sera le bonheur.

STANISLAS.

Ah! c'est Dieu, ma fille, qui t'a inspiré l'idée de cette fuite!

MARIE.

Dites de cette délivrance!

STANISLAS.

Oui, c'est une délivrance. Ah! que tu es bien de mon sang, et que ce que tu fais en ce moment l'atteste et le proclame! Je t'aime, vois-tu, d'une tendresse orgueilleuse et nouvelle, parce que, comme moi, Marie, tu n'as pas d'ambition. Mon âme paternelle est ravie de tant de ressemblance. Ah! comme c'est d'un grand cœur que cette noble fuite!... (Passant au milieu.) N'est-ce pas, Le Tellier? — Je sais que le roi de France nous veut du bien, je sais qu'il sera surpris, justement irrité, quand il apprendra... Mais ne trouvera-t-il pas vingt princesses qui brigueront sa main? Mais notre saint amour pour la retraite, mais notre chère liberté, mais ton bonheur, ton bonheur, ma fille! ne sont-ils pas des biens mille fois plus grands que ceux qu'il nous offrait?... Ah! ma foi, je pleure et je ris tout ensemble, quand je songe... Un père et sa fille fuyant à perdre haleine le sort

brillant qu'on veut leur faire ; et les gens du roi et la maré-
chaussée les poursuivant et criant : « Où sont-ils?... Les avez-
» vous vus passer ?... Arrêtez-les! arrêtez-les ! » Mais qu'ont-ils
pris? qu'ont-ils fait ? « Ce qu'ils ont fait, les coupables? Ils ne
» veulent pas accepter deux couronnes! » — Et c'est toi seule,
ma fille, qui as conçu un tel projet!

MARIE.

Oh! non, pas toute seule... Sturmer m'a aidée. Mais que de
peine pour le mettre dans nos intérêts, pour le faire entrer dans
la conjuration! Sturmer a répandu des pleurs de désespoir et
de rage quand il a su que je renonçais... lui qui avait juré de
ne pas mourir sans avoir vu les Leckzinski remonter sur le
trône!

STANISLAS.

C'est un ambitieux, lui !

LE TELLIER.

Et renoncer à deux trônes ! au titre de reine!

STANISLAS.

Tais-toi !

MARIE.

Et ne suis-je pas reine en ce moment? J'ai le courage, j'ai la
volonté, j'ai mon amour : je suis reine !

LE TELLIER, enthousiasmé.

Marie!

STANISLAS.

Vous l'entendez ?

MARIE.

Oui, j'ai la volonté! Et si ce projet de fuite n'avait pas pu
réussir, si Sturmer n'avait pas consenti à me seconder, j'étais
décidée à dire au roi, ce soir, au milieu de sa famille, en présence de toute sa cour : Sire, mon cœur est à un autre, et je
n'en veux pas d'autre.

STANISLAS, à Le Tellier.

Eh bien! hésiterez-vous encore?

LE TELLIER.

Devant tant d'amour... non! N'est-ce pas, vous ne regrette-
rez jamais?...

MARIE.

Jamais! je le jure.

STANISLAS.

Votre main?

LE TELLIER.

Celle d'un ami.

STANISLAS.

Celle d'un époux. Seigneur, bénissez mes enfants !

G

UN VALET, annonçant du fond.

Quand Sa Majesté et Son Altesse voudront monter en voiture... (Il se retire.)

MARIE, avec joie.

Partons!

LE TELLIER, de même.

Sur-le-champ!

STANISLAS, à mi-voix, à Le Tellier.

Vous allez donc, ainsi que c'est convenu, monter à cheval, nous suivre à distance... et puis...

LE TELLIER.

Je n'ai rien oublié.

MARIE, à Le Tellier.

A bientôt!

LE TELLIER.

A bientôt!

LE VALET, annonçant.

Monseigneur le duc!

SCÈNE X.

LE TELLIER, LE DUC, STANISLAS, MARIE.

LE DUC, un pli à la main, il salue Stanislas et Marie, puis dit à Le Tellier.

Voici, monsieur, votre ordre de départ pour les Indes: un vaisseau de la compagnie vous attend au Havre.

MARIE, bas à son père.

Que dit-il? pourquoi ce départ?

LE TELLIER, sans prendre le pli.

Monseigneur, excusez-moi, si... mais en ce moment...

LE DUC.

Ne m'avez-vous pas prié tantôt de demander pour vous au roi?...

LE TELLIER, embarrassé.

Sans doute, monseigneur... mais la réflexion... un événement imprévu...

MARIE, bas à son père.

Ah! je comprends!... Il a voulu quitter la France, quand il a cru que mon mariage avec le roi... noble cœur!

LE DUC.

Refuseriez-vous de partir?

LE TELLIER.

Je ne refuse pas, monseigneur... seulement... seulement je désirerais éloigner mon départ de quelques jours... de quelques heures, si c'est trop.

STANISLAS, bas à Marie.

Quelques heures suffiront?

MARIE, bas à Stanislas.

Oui, mon père.

LE DUC, à part.

Toutes ces hésitations... que veut dire?... (Haut.) Songez-y, monsieur, maintenant que le roi a signé, votre présence à Versailles serait blessante pour Sa Majesté, pour moi-même.

MARIE, bas à son père.

Cette obstination...

STANISLAS, bas à Marie.

En effet...

LE DUC.

Il est donc indispensable, monsieur, que vous partiez sur-le-champ. C'est chose faite.

SCÈNE XI.

LE TELLIER, MADAME DE PRIE, LE DUC, STANISLAS, MARIE.

MADAME DE PRIE, d'un air de triomphe. *

Mais non, monseigneur, mais non ; ce n'est pas encore chose faite. (Etonnement général.)

LE DUC, surpris.

Vous!... Et quel motif, madame, quand un ordre du roi, je le répète...

MADAME DE PRIE.

Cet ordre... cet ordre...

LE DUC.

Est absolu, madame. (A part.) Pourquoi vient-elle?

MADAME DE PRIE.

Absolu!....

LE DUC.

Oui, madame.

MADAME DE PRIE.

Peut-être ! ·

LE DUC, avec dépit.

Ce doute...

MARIE, bas, d'un ton blessé.

Cet intérêt si grand...

STANISLAS, à part.

Trop grand !

LE TELLIER, à madame de Prie.

Permettez-moi, madame, de vous demander...

MADAME DE PRIE.

De mon côté, j'ai vu aussi le roi, je le quitte à l'instant.

LE DUC, toujours avec dépit.

Ah ! je ne savais pas, madame, que vous prissiez tant à cœur...

---

* Pendant toute cette scène madame de Prie doit étudier l'effet qu'elle produit sur les personnages qui l'entourent, et particulièrement sur Marie.

MADAME DE PRIE.

J'ai exprimé à Sa Majesté tout l'étonnement, tout le regret que me faisait éprouver un tel départ.

MARIE, à part.

Elle !... et de quel droit ?

MADAME DE PRIE.

Il ne faut pas, ai-je encore dit à Sa Majesté, priver ainsi la France des services d'un aussi brave, d'un aussi brillant officier.

MARIE, à mi-voix.

Ah ! je me sens outragée !

LE TELLIER.

Encore une fois, madame...

MADAME DE PRIE.

Il ne faut pas, ai-je continué de dire à Sa Majesté, exiler tant de mérite et de valeur dans ces pays lointains d'où l'on ne revient plus. Vous ne le voudrez pas, Sire...

LE TELLIER.

Mais enfin, madame, ce dévouement excessif...

MADAME DE PRIE, bas à Le Tellier.

Sturmer a tout révélé.

LE TELLIER, foudroyé ; bas.

Ah !

MADAME DE PRIE, bas et appuyant.

Si vous parlez, ils sont perdus.

MARIE, inquiète ; à part.

Ils se parlent tout bas.

MADAME DE PRIE.

Le roi résistait, j'ai redoublé d'instances, de prières, je me suis jetée à ses pieds, enfin je l'ai supplié...

MARIE, amèrement.

Supplié !...

MADAME DE PRIE.

Je l'ai supplié comme pour obtenir la grâce d'un ami, d'un frère...

LE DUC, avec ironie et à demi-voix.

D'un frère !...

MADAME DE PRIE.

Enfin, le roi...

MARIE, éclatant.

Enfin, le roi... Achevez !

MADAME DE PRIE.

Le roi laisse à monsieur Le Tellier la liberté de partir ou de rester. Ainsi, monsieur le comte ne quittera pas Versailles. Voilà ce que j'ai obtenu.

MARIE, désolée et brisée.

C'est elle qui l'a obtenu !

MADAME DE PRIE, à Le Tellier.

Oui, car si par mon crédit je vous ai fait nommer duc et pair, si je vous ai arraché aux verroux de la Bastille...

MARIE, à part, même accent.

Quoi ! c'est elle ?...

MADAME DE PRIE.

Vous vous êtes battu pour moi, vous avez tiré votre épée pour moi dans un duel qui a failli vous coûter la vie.

STANISLAS, à part.

C'était lui !... Mes soupçons...

MARIE, à Le Tellier, dans un dernier effort.

Ah ! il y a ici quelque mensonge, quelque calomnie, car il est impossible !... Non, vous n'avez jamais aimé, vous n'aimez pas cette femme.

STANISLAS, à Le Tellier.

Répondez !

MADAME DE PRIE, bas à Le Tellier.

Prenez garde !

LE TELLIER, à part.

Se taire et mourir !

MARIE, lente, digne et calme.

Monsieur le duc, sans attendre le retour de la chasse, daignez, — mon père y consent, — me présenter à l'instant même à Sa Majesté comme son épouse.

(Stanislas lui donne la main; ils font un mouvement pour sortir.)

LE TELLIER, avec explosion, passant devant madame de Prie.

Marie !

MARIE, d'un ton glacé.

Monsieur !

LE TELLIER, se tournant vers le Duc.

Monseigneur, cet ordre de départ ?...

LE DUC, lui remettant le pli.

Le voici, monsieur.

(Le Duc, Stanislas et Marie vont pour sortir par le fond; Le Tellier, désespéré, va sortir par la gauche.)

MADAME DE PRIE, sur le devant.

Enfin, j'ai fait une reine... je vais régner !

FIN.

Paris. — Typ. Morris et Comp., rue Amelot, 64.